千葉の戦後70年

—語り継ぐ戦争体験—

朝日新聞千葉総局
大和田武士　編著

【目次】

手賀沼ブックレット　No.9

まえがき

私たちはいま生きています。それは命のバトンが大切に受け継がれているからです。自由に語り、夢を追うことができます。それを誰も妨げることはできません。

けれども、今から七十一年前、日中戦争～太平洋戦争が終わるまで、それは当たり前ではありませんでした。旧憲法（大日本帝国憲法）に従って「国を守る」ことが国民に強制され、千葉県民の多くが戦地に出征し、家や学校を空襲で焼かれ、命を落としました。

戦後七〇年の二〇一五年。個人の生き様を積み重ねて千葉の歩みを考えよう。そんな出発点から朝日新聞千葉版では、一月の「千葉のチカラ」から十二月の「千葉のアシタ～転換の足元で」まで、「戦後七〇年」シリーズを続けました。県内の記者は二〇代～六〇代の三十一人。戦時中はもちろん戦後復興期も直接知りません。

この本は、シリーズのうち特に記憶を語り継ぐことに重点を置き、「語る戦争（千葉空襲編と、市民証言集より抜粋）「パラオから我孫子へ」「爆弾を花火に　～山下清と戦争」「川鉄が来た～東京湾岸の開発」「語り継ぐ戦争」（市民証言集より抜粋）を収録しました。

明日も平和であるために、読んでいただければ幸いです。

二〇一六年八月　　朝日新聞千葉総局次長　小澤　香

〈おことわり〉本文中の年令・肩がきは新聞連載時のものです。

千葉市上空を飛ぶ米軍機Ｂ29の編隊
＝千葉市空襲を記録する会提供

1.　千葉の空襲

米軍の爆撃目標となった日立航空機千葉工場付近
＝1946年2月28日、米軍撮影、千葉市提供

壕から出ると外は修羅場

渋谷　智子（87）＝千葉市稲毛区

１９４５年6月10日午前8時。千葉市中央区の現ＪＲ千葉駅付近にあった旧師範学校女子部の学生だった渋谷智子（87）は、航空機のエンジン部品をつくる工場に変わった校舎に出勤した。全員が教師を目指して学ぶはずだった校舎だ。

生徒は3交代で油まみれになって作業をしていた。旋盤の作業で鉛筆の芯ぐらいの金属片が飛び、手のひらに突き刺さることも日常茶飯事だった。誰も不平不満を言わずに「お国のため」と耐えていた。

ウーウーウー。その日の朝の勤務で、旋盤に向かった途端、空襲警報のサイレンが鳴った。

工場長と先生が「直ちに退避」と叫んだ。夢中で走り、防空壕（ごう）に飛び込んだ。

直後、ものすごい爆発音と爆風が起きた。壕内にも土煙が入り込んだ。重苦しい沈黙が続いた。

「生きている？」と誰かの声。「うん。生きてるよ」と誰かが答えた。我に返った渋谷らは、壕の扉を押して外に出た。

校舎がなくなっていた。校庭にはあちこちに大きな穴があき、友人が何人も倒れていた。

一瞬で学校は修羅場になった。寮で同室だった友人が担架で運ばれ、大量の血が滴り落ちていた。渋谷は涙も忘れて立ち尽くした。

足に大けがをした別の友人に付き添い、近くの病院に行った。「痛いよ」と友人は言い続けた。何もしてあげられなかった。

この日の爆撃で恩師と学友10人が命を落とした。

翌年3月、仮校舎での卒業式。参加した全員が号泣した。戦争中、忘れていた涙だった。

平和になった日本。小さかった孫と一緒に渋谷は観光施設に行った。「亡くなったあの人たちは、こんな幸せな日を迎えることはなかった」。そう思うと、目頭が熱くなった。

「なんで泣いているの」と問う孫に、渋谷は自らの体験を話した。

45年6月10日は、日立航空機千葉工場（現ＪＦＥスチール付近）を狙った爆撃で、交通の要衝だった省線千葉機関庫（現ＪＲ千葉駅付近）でも、多くの職員と動員学徒が犠牲になった。

（大和田武士）

七夕空襲　一面火の海

堤　信一（86）＝千葉市若葉区

　1945年7月6日の夜。学徒勤労動員で木更津の軍事工場で働いていた、堤信一（86）は千葉市道場北町の自宅に帰った。工場に通う列車は「軍事機密」が見えないよう海側の窓が鎧戸になっていた。敵機の機銃掃射を受け、トンネルに隠れたこともあった。

　食事と風呂を済ませ寝ていたら、空襲警報が鳴った。甲府に行った爆撃機が千葉に向かったとの情報だった。後に七夕空襲と呼ばれる大規模爆撃が始まった。

　ヒュルヒュルという音とともに焼夷弾が隣家に落ちてきた。「ガソリンのような臭いがした」。自宅の防空壕に荷物を投げ入れ、ふたを閉めて、上から土をかぶせた。

　炎が間近に迫り、自宅にも数発落ちた。あっという間にあたり一面が火の海になった。家から300メートルほど離れた、院内国民学校の裏にある田んぼを目指し、家族はバラバラに避難した。父と母は2人の妹を連れて逃げた。

　身を隠した田んぼには大勢の人がいた。やけどや、けがをした人たちのうめき声が響き、肉親の名前を呼び続ける人もいた。「地獄をみた」と振り返る。

　翌朝戻った家は全焼。焼け残った防空壕に丸太を敷いてしばらく暮らした。

　近くの寺の墓地の前には20人ぐらいの焼死体があった。兵隊がスコップでトラックの荷台に投げ上げ、どこかに運んでいった。

　空襲の数日後、「出勤しろ」との命令が届いた。工場に着くと、海軍の若い将校が「日本は今、大変な事態になっている」と言った。将校は「敵が館山に上陸したら（海岸に掘った）タコツボに入り敵の戦車と心中するのだ」と続けた。空襲を生き延びたが堤は「これも運命なんだ」と思ったという。

（大和田武士）

数メートル先に落ちた焼夷弾

林野　干城（たてき）（79）＝千葉市稲毛区
白井　進（85）＝千葉市中央区

焼夷弾は、堤がいた地域から少し離れた千葉市貝塚町にも降り注いだ。親類宅にいた、林野干城(79)の数メートル先に落ちた。「わずかな差で直撃をまぬがれた。運命としか言いようない」と、70年前を振り返る。

千葉空襲の爆音と敵機に向かって砲撃する高射砲の音は、約30キロ離れた長柄町でも聞こえたという。

6月10日と七夕空襲で千葉市の中心市街地の約7割（231ヘクタール）が焼け野原になった。

千葉空襲の罹災状況図。市街地の大部分が焼き尽くされ、千葉地方裁判所、千葉郵便局、省線千葉駅、鉄道第一連隊、気球連隊・歩兵学校などが被害を受けた＝千葉市提供

記録により異なるが死傷者1595人、被災戸数8904戸、被災者4万1212人に及んだ。45年12月末の市人口は9万5903人だった（2014年、千葉市「考えよう平和の大切さ」より）。

終戦まで1カ月余り。軍部は九十九里浜などでの本土決戦を想定していた。

□

「千葉の街がなくなっていた」。

8月15日の終戦の数日後、大阪陸軍幼年学校が解散になり、列車を乗り継いで千葉に降り立った同校48期生の白井進（85）は、ぼうぜんと立ちすくんだ。卒業した師範学校の付属幼稚園も跡形もなかった。「こんな被害が出ているなんて。何も知らされていなかった」

この衝撃から白井は後年、「千葉市空襲と戦争を語る会」の代表につく。

「二度と戦争を繰り返さない」。同じ思いを抱く多くの仲間とつながってきた。7月4日には同市中央区の亥鼻公園で、千葉空襲の犠牲者676人の名などを刻んだ、平和祈念碑の除幕式を行う予定だ。

（大和田武士）

館山海軍砲術学校で行われた予備学生の軍刀術訓練の様子＝1944年ごろ

県内の軍の農場で、勤労奉仕をする女学校の生徒たち＝1944年ごろ

東京から県内まで走った疎開電車。荷物を運ぶ人の姿が見える＝1944年ごろ

県内に集団疎開している子どもたちを親たちが訪ねた際の写真。一緒に来た妹を抱いて喜ぶ子どもの姿がある＝1944年ごろ、馬来田村(現・木更津市)で

千葉の陸軍戦車学校での装甲車両の解体、修理作業の訓練の様子＝1941年ごろ

●満州事変から終戦までの県内外の主な出来事

1931年9月18日　満州事変が始まる。
12月16日　佐倉歩兵第57連隊が満州（現・中国東北部）に派遣される
1932年3月1日　満州国が建国宣言
5月15日　海軍将校らが首相官邸などを襲撃、犬養毅首相を射殺（5・15事件）
1933年1月8日　満州事変で戦死した鉄道第1連隊大尉の遺骨が千葉駅に到着する
7月4日　日本精神にのっとった小学校教育研究のための規程が定められる
8月1日　陸軍習志野学校が設置される
8月9日　11日にかけて、第1回関東地方防空大演習が実施される
1934年12月9日　国防婦人会県本部が創立される
1936年2月26日　青年将校らが首相官邸などを占拠、高橋是清蔵相らを殺害する（2・26事件）
1937年8月15日　木更津海軍航空隊機が南京爆撃のために長崎県大村基地を発進する
12月13日　日本軍が南京を占領。この頃、捕虜や非戦闘員を含む多数を殺害する（南京事件）
1938年9月1日　県が白米の常食を禁じ、七分づき米を奨励する
1939年1月24日　満州に千葉村を建設する計画の大綱が決定される
9月1日　節約のため、毎月1日のたばこの配給が中止される
1940年11月14日　15日にかけて千葉の大学予科生ら1万人が習志野原などで演習を行う
11月30日　大政翼賛会県支部が発足する
1941年6月1日　館山海軍砲術学校が設置される
10月18日　東条英機内閣が発足
12月8日　真珠湾攻撃
12月12日　県など主催の米英撃滅必勝国民大会が千葉市の千葉神社で行われる
1942年1月2日　日本軍がマニラを占拠
2月2日　大日本婦人会が発会式を開く
2月18日　シンガポール陥落の戦勝祝賀行事が県内各地で行われる
4月18日　米軍機が県内で初めて共和村（現・旭市）を空襲する
6月5日　ミッドウェー海戦が7日にかけてあり、日本はミッドウェー島攻略に失敗する
8月ごろ　生徒らが使う図画用紙の配給制が県内で始まる
10月1日　寺院・教会に対する金属類特別回収が県内で始まる
1943年1月8日　大政翼賛会県支部が衣類・家具の購入をやめることなどを指示する
1月13日　内務省・情報局がジャズなどの演

奏を禁止する
1月ごろ　「産めよ、ふやせよ」の国策に沿って千葉市で子宝研究会が催される
2月ごろ　風船爆弾の実験が一宮町の一宮海岸で行われる
6月4日　閣議で戦時衣生活簡素化実施要綱を決定、ダブルの背広などの生産が禁止に
7月10日　東京向けの野菜行商が県内で禁止される
9月8日　イタリアが無条件降伏
10月2日　学生や生徒の徴兵猶予が停止される
10月22日　県が甘藷（かん・しょ）と野菜の自由買い出しと県外持ち出しを全面的に禁止する

1944年
8月14日　召集で男性労働者が不足する中、京成電気軌道に女性運転士が登場
8月25日　東京都学童疎開の第一陣３９５人が国府村（現・南房総市）などに到着する
11月24日　市川市が空襲される
12月3日　東京空襲で飛来したＢ２９爆撃機が神代村（現・東庄町）に墜落する

1945年
3月9日　銚子市が１０日にかけて空襲され、約1千戸が焼失、４７人の死者を出す
4月1日　米軍が沖縄本島に上陸
4月7日　県内出身の鈴木貫太郎が総理大臣に就任する
5月25日　B29爆撃機が日吉村（現・長柄町）に墜落する
6月10日　千葉市が空襲を受け、４１５戸が焼失、３９１人が死傷する
6月23日　米軍機Ｐ51が久賀村（現・多古町）に墜落する
7月6日　千葉市が7日にかけて空襲され８９０４戸が焼失、1千人以上が死傷する
7月19日　銚子市が20日にかけて空襲され約4千戸が焼失、１０８６人が死傷する
7月26日　米英などが対日ポツダム宣言を発表
7月ごろ　水中特攻艇「回天」の基地が大原町（現・いすみ市）に置かれる
8月6日　広島に原爆が投下される
8月7日　日本初のジェット機「橘花」が木更津基地で試験飛行を行う
8月8日　ソ連が日本に宣戦布告
8月9日　長崎に原爆が落とされる
8月13日　成東駅で弾薬輸送列車が機銃掃討で被弾、駅員と兵士計42人が死亡する
8月15日　戦争終結を告げる玉音放送が流される

※「千葉県の歴史」などを元に作成

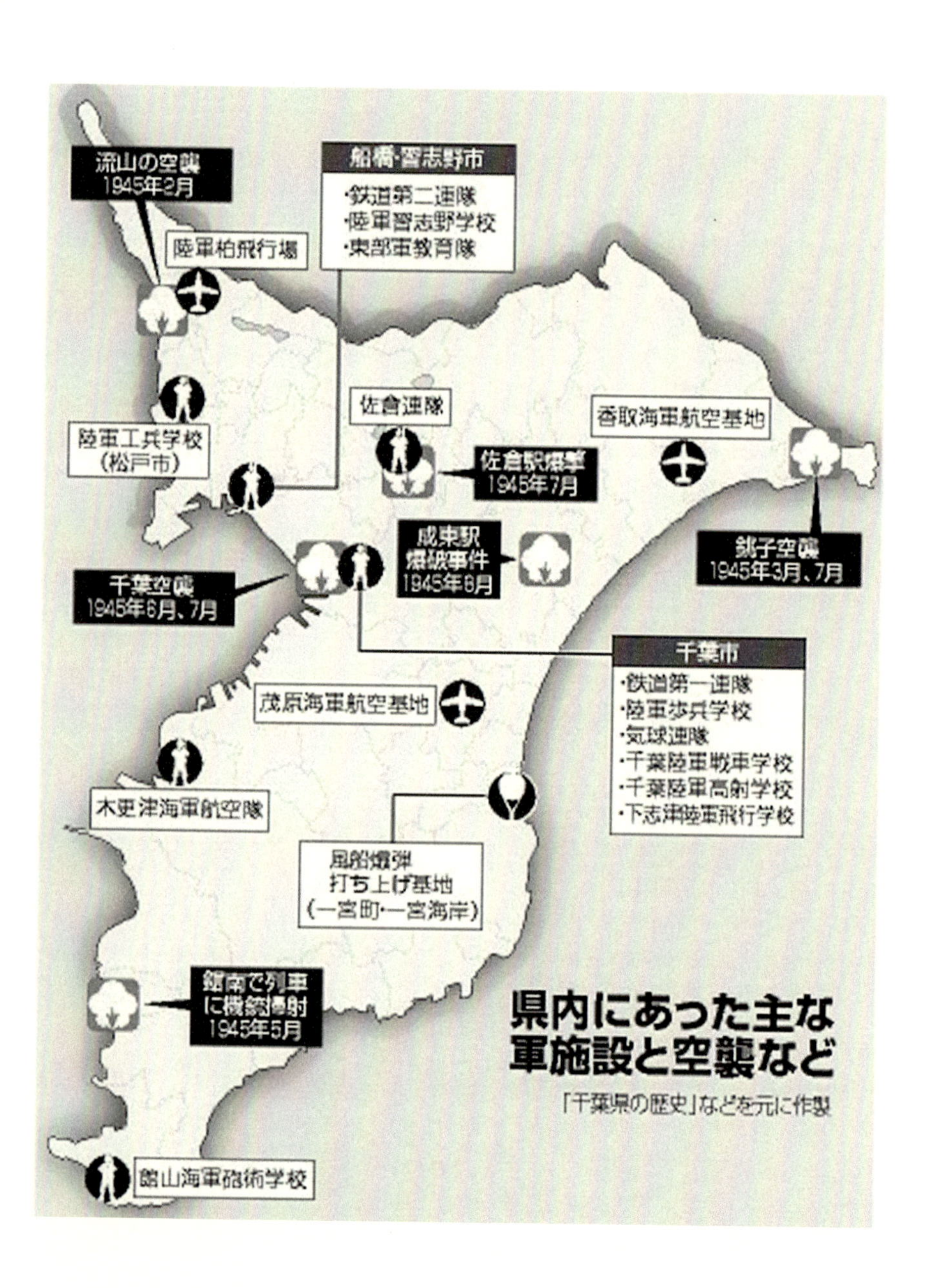

流山の空襲
1945年2月
船橋·習志野市
·鉄道第二連隊
·陸軍習志野学校
·東部軍教育隊
陸軍柏飛行場
佐倉連隊
香取海軍航空基地
陸軍工兵学校
(松戸市)
佐倉駅爆撃
1945年7月
成東駅
爆破事件
1945年8月
銚子空襲
1945年3月、7月
千葉空襲
1945年6月、7月
千葉市
·鉄道第一連隊
·陸軍歩兵学校
·気球連隊
·千葉陸軍戦車学校
·千葉陸軍高射学校
·下志津陸軍飛行学校
茂原海軍航空基地
木更津海軍航空隊
風船爆弾
打ち上げ基地
(一宮町·一宮海岸)
館南で列車
に機銃掃射
1945年5月
県内にあった主な
軍施設と空襲など
「千葉県の歴史」などを元に作製
館山海軍砲術学校

2. パラオから我孫子へ　戦後70年

海超え 3000 キロ　楽園の島

入植

柏市と我孫子市にまたがる利根川沿い。広々した田んぼに緑の稲穂が風にそよぐ。戦後、国営事業として開拓され、約1100ヘクタールの農地に生まれ変わった利根川遊水池の開墾地だ。

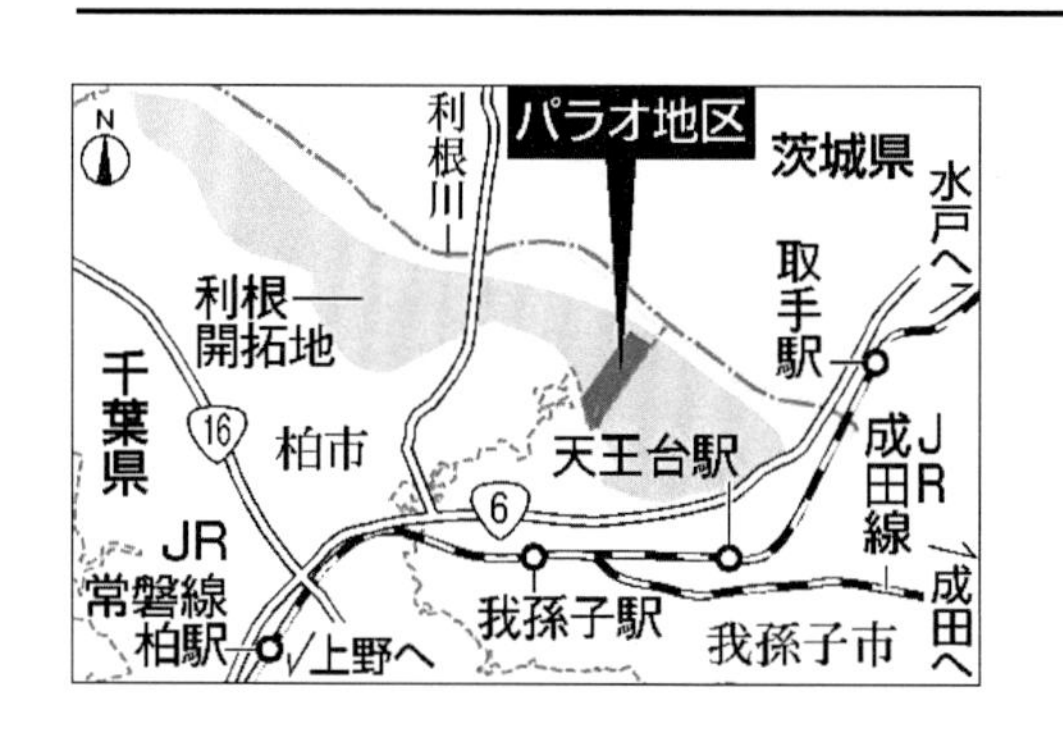

「このあたりを俺たちパラオからの引き揚げ者が切り開いたんだ」。井原証之助さん（87）＝我孫子市布施＝が、柏側の市境に整然と並ぶ一角を指した。通称「パラオ開拓地」。敗戦後、3千キロを隔てた南の島から帰国した22戸が開墾した40余ヘクタールだ。

井原さんの水田は1・8ヘクタール。「田んぼは子どもと同じ。手をかけないといい米はとれない」。毎朝、見回りを欠かさない。コシヒカリが揺れる水田で、第二の古里・パラオに思いをはせた。「天国と地獄だったな」

パラオ　日本から約3千キロ南の海域に大小200余りの島で形成。人口約2万1千人。首都はマルキョク。第1次世界大戦後の1920年、日本の委任統治領になり、太平洋戦争中の44年9月、ペリリュー島などに米軍が上陸。死闘を繰り広げ、同島では日本側約1万人が戦死した。戦後の47年、国連の信託統治領として米国の統治が始まり、94年に共和国として独立した。

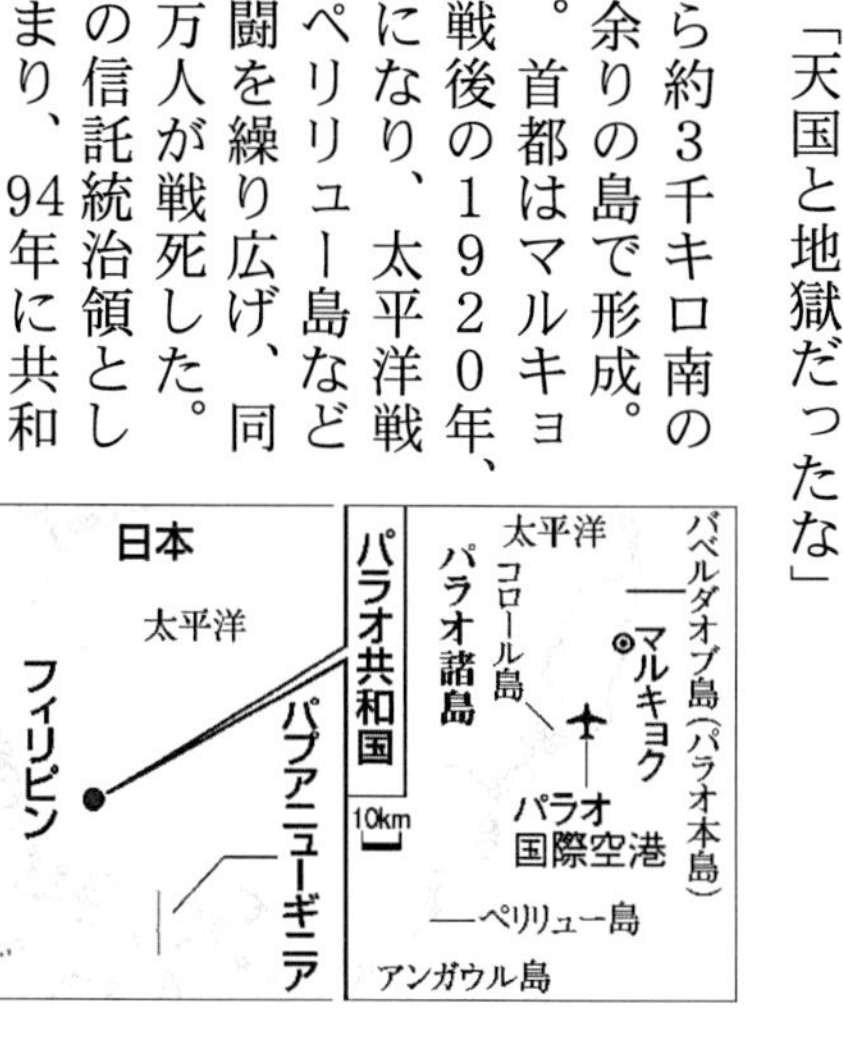

訪問したパラオの写真を懐かしそうに見つめる井原証之助さん（右）と正子さん＝我孫子市布施

井原さんは兵庫県大屋町（現養父市）生まれ。妻の正子さん（84）とは同じ出身地で育ち、親同士が知り合いだった。パラオに渡ったのは１９３８（昭和13）年夏、10歳だった。

そのころ南洋諸島は日本の委任統治領。パラオ本島（バベルダオブ島）では１９２６（大正15）年から入植が始まり、朝日、清水、瑞穂の各開拓村が建設された。パラオの中心地・コロール島に、南洋本庁が置かれた。ヤシ並木沿いに役所や料理店、理髪店などが軒を連ね、パラオの日本人は２万人を超えたという。

井原さん一家は、一足先に本島に渡った正子さんの親類の勧めで、両親ときょうだい合わせて７人で新たにできた大和村に入植した。割り当て区画は５ヘクタール。「父は田舎の分家だから土地も狭いし家族も多い。『じゃ行こうか』となったようです」

大和村では、パイナップルやバナナ、サツマイモなどを栽培。食べ物には不自由しなかった。日本と時差はなく、年間平均気温は28度前後。「海はきれいだし楽園の島でした」

パラオにあったパイナップル工場。井原正子さんの母が勤め、正子さんも手伝ったという＝１９４０年ごろ、井原正子さん提供

小学校の先生らと遊びに行き、島民と触れ合った（中央左から２人目が正子さん）＝１９４１年ごろ、井原正子さん提供

正子さんは１９３７（昭和12）年、６歳で両親とパラオに渡った。父と父の弟たちはコロール島と大和村で製材所を経営。「父は従業員の島民から『オヤジ』と慕われてました」。母親は日本に送られるパイナップルの缶詰工場に手伝いに行き、包丁でパインの芽とりをした。

自宅近くの小学校は全校で１００人ほど。日本語の教育を受ける島民の子どもと学校は別だったが、よく遊びに行った。「ヤシのジュースや果物で歓迎してくれた」と正子さんは懐かしむ。運動会、学芸会、村の神社の祭り……。「あの頃は楽しかったわね」

井原さんは正子さんと同じ小学校に通い、卒業後は熱帯植物の試験場を経て自宅で農家を手伝った。正子さんは小学校を卒業後、コロール島の高等女学校に進み、寄宿舎に入った。

だが、南洋諸島にも軍靴の足音は高まっていた。１９４１（昭和16）年に日米開戦。次第にパラオの防衛も本格化し、「夢の島」は戦火に巻き込まれていく。

飢え、次々倒れる兵

激戦地

パラオへの空襲は１９４４（昭和19）年３月から激しくなった。連日、Ｂ29米軍爆撃機が編隊を組んで襲った。パラオ本島の開拓村の日本人はジャングルに避難。家族で大和村に入植した井原証之助さんは米軍がペリリュー島などに上陸した同年９月に、数え年18歳で現地召集される。「18歳から45歳の男は根こそぎでした」

井原さんが配属されたのは歩兵第14師団の15連隊第１大隊。師団はパラオの守備隊として旧満州（中国東北部）から移っていた。井原さんらは本島の岩山の下に現地の高木・ビンロウジュやヤシの葉で兵舎を造り、爆弾を背負って戦車に体当

ペリリュー島に残る朽ち果てた戦場の遺物
＝2000年、井原証之助さん提供

たりする訓練などをした。低空飛行で機銃掃射を繰り返すグラマン戦闘機に高射砲は当たらず、「ほとんど抵抗できない状態だった」。

輸送船による補給は絶たれ、栄養失調で倒れる兵隊が続出した。飯盒（はんごう）にはおかゆに飯粒が5～6粒浮く程度。野生の木の芯などで空腹を満たしたが、骨と皮にやせ細った。「ヘビやトカゲ、ネズミなど何でも食べて命をつないだ」

○　○

女学生だった井原さんの妻、正子さんも栄養失調寸前に追い込まれた。パラオの中心都市・コロール島の高等女学校が爆撃で焼失。看護婦として本島の陸軍病院に駆り出された。ジャングルに造ったバラックの野戦病院で、空襲におびえながら入院患者の食事の世話をしたが、食糧はサツマイモのツルなどわずか。「毎日5～6人が栄養失調で亡くなりました」

ペリリュー島は激戦地になり、日本側で1万人以上が戦死。本島でも5千人近くが犠牲になった。現地召集された正子さんの叔父は栄養失調で命を落とし、井原さんの父も島で病死した。45年8月。「日本は負けた」。井原さんは上官から敗戦を聞かされた。周りの若い兵隊たちが声を上げて泣いていた。「これで家族の元に帰れると思った」

○　○

夫婦は戦後、共に通った朝日村の小学校の同窓会でパラオを2回訪問した。最初に訪ねた86年には、子どもや孫を連れた約50人で参加。引き揚げ後、41年ぶりに飛行機からパラオの島々と青い海が見えると、同窓生から「万歳」の声が湧き起こった。「小さい頃の思い出がよみがえり、涙が出るほど懐かしかった」と正子さんがいう。

だが、ペリリューには島のあちこちに戦車や航空機などが朽ち果てていた。朝日村の川岸には、壊れたままの舟艇が残されていた。「こんなジャングルの中も機銃でやられたのか」――。井原さんは胸がつぶれる思いだった。

水と闘い切り開いた地

引き揚げ

日本の敗戦で南洋諸島の日本人移民は強制帰国させられた。井原証之助さんは１９４６年2月、パラオの大和村から駆逐艦で、神奈川県の浦賀港に引き揚げた。みぞれが降っていた。荷物はリュックひとつ。「裸一貫でした」

親兄弟たちを連れて宮崎県小林市に入植。パラオの朝日村から引き揚げた同郷の正子さんと50年に結婚した。火山灰土壌を開墾したが作物はとれず、台風に襲われて建てたばかりの家も壊された。

○　○

夫婦で我孫子市のパラオ開拓団に移ったのは53年12月。戦後間もなく、柏と我孫子両市にまたがる約１１００ヘクター

馬を使って農道整備に励む開拓農民ら＝1957年の開拓10周年記念写真帳から、利根土地改良区提供

開拓前は背丈を超える葦が生い茂っていた利根川の遊水池＝1957年の開拓10周年記念写真帳から、利根土地改良区提供

ルの利根川遊水池を開墾する国営事業として、地元の戦災被害者、旧満州（中国東北部）を含む引き揚げ者、農家の次三男ら計約1200戸が入植していた。

パラオ団は22戸。柏市根戸に15戸、我孫子市布施の7戸に分かれ、配分面積は1戸あたり2ヘクタール。井原さん夫婦は離農した団員の土地を引き継ぎ、背丈以上もある葦（あし）原の原野を鍬（くわ）で切り開いた。グループで代わるがわる田んぼの整地作業に汗を流し、農道造りに2人1組で土を入れたトロッコを押し続けた。「正月2日からやった年もあった」と証之助さんは振り返る。

パラオから10歳で引き揚げ、井原さん夫婦らとトロッコを押した玉根康徳さん（79）もいう。「ほおかむりして乾いた汗で顔に塩がふくほど頑張った」

だが、入植者らは排水工事や台風による大雨など「水との闘い」に明け暮れた。59年夏には台風による集中豪雨で工事中の溢流堤（いつりゅうてい）が決壊し、収穫寸前の米や野菜などが全滅した。

家計を助けたのは団員の妻ら女性たちの行商だった。野菜などを背負い、集団で東京方面に出かけた。荷物を紺の風呂敷で包んだことから「カラス部隊」ともいわれた。玉根さんの母親も行商で稼いだ。「貴重な現金収入で、米が収穫できない年は命綱だった」

団員らの米作りは65～70年にかけて安定していく。「一番うれしかったのはちゃんと米が取れるようになったことだね」。証之助さんがしみじみと話す。

○　○

この昨年4月、天皇、皇后両陛下がパラオを訪問し、戦没者を慰霊した。井原さん夫婦は、胸のつかえがおりたような気持ちになった。正子さんがいう。「叔父や友達が戦死した土地を忘れずに訪ねてくれた。本当にありがたい」

夫婦は同居している孫（26）の誘いで、来年にもパラオを訪ねる計画を立てている。前回の2000年は行けなかった日本人開拓村に足を踏み入れるつもりだ。今度は穏やかな気持ちで「第二の古里」に向き合えそうな気がしている。

（佐藤清孝）

3. 爆弾を花火に　山下清と戦争

徴兵の恐怖　放浪の始まり

「踏むな　育てよ　水そそげ」。市川市本北方3丁目の児童養護施設「八幡学園」の玄関前には、1928年創立以来の学園標語が刻まれている。一人ひとりの個性を見極め、才能を伸ばす。「今もその精神は受け継がれている」と創設者久保寺保久の孫で現園長の久保寺玲(あきら)さん(59)はいう。「福祉」の意識さえ浸透していなかった時代、学園は全国8番目の知的障害児施設として設立された。画家山下清は34年、東京の母子寮から母親に連れられて入園した。

清は1922年(大正11)3月10日、東京・浅草で生まれた。3歳の時に患った消化不良が原因で高熱が続き、軽度の知的障害となった。都内の小学校に入学したが、数々のいじめを経験。馬鹿にされて腹を立て、刃物を持ち出す事態にもなった。

■山下清の年譜

年代	年齢	主な出来事
1922		東京・浅草で生まれる
1923	1歳	関東大震災で被災
1925	3歳	消化不良で言語・知的障害に
1934	12歳	市川市の八幡学園に入園。ちぎり絵と出会う
1940	18歳	県内各地の放浪生活が始まる
1943	21歳	徴兵検査で不合格に
1945	23歳	東京大空襲、我孫子市で終戦
1954	32歳	捜索され、鹿児島で発見。放浪をやめる誓約書を書かされる
1956	34歳	東京の百貨店で作品展を開催し、反響を呼ぶ
1971	49歳	脳出血で倒れ、死去

絵の制作に抜群の記憶力と集中力を発揮した山下清。放浪先で絵を描くことはほとんどなかったという

そんな清に手を焼いた母ふじが学園に入園させたのは12歳の時だった。学園の指導でつけ始め、やがて習慣になった日記には「この学校は毎日泊まる学校でどんな所だろうと思って、いつ連れてってくれるか、待ち遠しくしていました」とある。市川市のことは「江戸川を過ぎたらいよいよここは田舎で、田んぼや畑がたくさんあって静かで気持ちがよい」と書いた。

入園当初は乱暴だった清は教育活動の一環でちぎり絵を始める。制作活動を通じて落ち着きが見られるようになり、独自の技法による「貼り絵」の画才を発揮していく。

37年秋、早稲田大で開かれた学園の児童・生徒らによる作品展で注目され、各地で「特異児童作品展」が開かれる。清の作品は広く認知されるようになった。

だが、同年、日中戦争が開戦。翌38年には国家総動員法の施行で、戦時色が濃くなっていく。そんな折、清は40年11月、荷物を抱えて学園から突然姿を消す。日記に「6年半くらいいるので学園が飽きて、ほかの仕事をやろうと、上手に逃げようと思っていました」などと記している。

清の行動を、おいの山下浩さん(54)は「学園生活への飽きだけでなく、徴兵への恐怖があったからではないか」と見る。「子供の頃のいじめの経験から、いたたまれずに逃げてしまった。当時はやってはいけないことで、ある意味、素直だった」。その後15年半にわたって断続的に続く放浪の始まりだった。

清は当時18歳。満20歳で徴兵検査を控えていた。こうも記している。「一つずつ年をとるたびに、だんだんと兵隊に行くのが近づくから、兵隊へ行くと殺されるのが心配です」「もうじき兵隊検査があるので、もし甲種合格だったら、兵隊へ行って散々殴られて、戦地へ行って怖い思いをしたり、敵の弾に当たって死ぬのが一番おっかないと思っていました」

◇

「放浪の天才画家」「裸の大将」「日本のゴッホ」などと呼ばれた山下清(1922~71)は戦前戦後を県内各地で過ごし、自らの気持ちを絵に託した。残された日記や作品などを手がかりに、清の戦争を考える。

文中の日記は山下清の著書「裸の大将放浪記」や「山下清放浪日記」などから引用した。句読点の追加や一部文章の省略、漢字への変換など文章は損なわない範囲で手直しした。

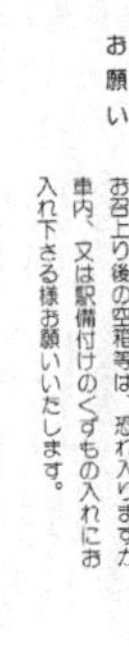

我孫子駅で弥生軒が販売していた弁当箱の包装紙。山下清が1940年当時の我孫子駅付近を後年描いた

決まり文句で居候

山下清は1940年11月、暮らしていた市川市の八幡学園を後にした。働き口を探して常磐線を線路伝いに歩き、松戸市馬橋の魚屋や問屋、柏市豊四季の鍛冶（かじ）屋、柏駅前のそば屋、我孫子駅前の弁当屋「弥生軒」などで居候した。

訪ねた先で発する決まり文句はこうだ。「お父さんもお母さんも病気で死んでしまい、母親は死ぬ前、『清や、もうじきお母さんが死んでしまうから、清はよそへ行って使ってもらえ。腹が減ったらば、よその家でむすびをもらって食べろ』と言っていた」

当時は労働力の多くが戦力に取られ、人手不足だったとみられる。清は「今は戦争が始まって、日本にいる人がどんどん戦地へ行って戦っているので、人がずっと少なくなっている」などと記している。

おいの山下浩さんは「今では考えられないが10軒訪ねると1軒くらいは食べさせてもらえた

山下清が手賀沼公園を描いた作品展を手にする弥生軒3代目の植崎和基社長。弁当の包装紙のデザインに使われた＝いずれも我孫子市

ようだ。誰が聞いてもわかるようなウソでも助け合いで受け入れてくれる時代だった」とみる。

また、弥生軒（現在は駅構内の立ち食いそば屋）の3代目社長の植崎和基さん（55）は「野菜の処理や掃除など雑用が主だったが、手先が器用できちょうめん。働きぶりもまじめだったと聞く。人柄にも魅力があったのでは」と話す。

41年12月8日、日本軍が米ハワイの真珠湾を攻撃し、太平洋戦争が開戦した。清は我が身に徴兵が及ぶことを恐れた。

「腹をこわしてやせてしまって、弱い体になってしまって兵隊へ行かれないようにしたい」。ついには「去年検査をやって頭が悪くて不合格だと言ってうそをつこう」と決めた。

43年春、清は21歳。徴兵を免れたと思い、新宿に住む母ふじのもとに戻った。だが、ふじは区役所に連れて行き、検査を受けさせた。目が悪いふりや字がよめないふりをしながら「僕は頭も悪いし、字も読めない。鉄砲を構えろと言われても力が弱いし、兵隊に行っても役に立たない」などと説明。結局、知的障害を理由に「不合格」となった。

45年になると、警戒警報や空襲警報がしきりに鳴る。「飛行機の音や高射砲をうつ音がして、空がにぎやかで、空のお祭りのようだ。けれどもよく考えてみると、もし爆弾や焼夷弾を落とされたらおしまいだ」

こうも記している。「戦争というものは一番怖いもので、一番大事なものは命で、命より大事なものはない。戦争よりつらいものはない」

終戦を迎えたのは弥生軒。おかみさんが「ラジオでなにか聞いたか。日本は戦争に負けた」と言った。清が「本当ですか」と返すと、「ラジオが言うから負けたんだろうが、まさか日本は負けるはずはない。もし負けたら皆殺されてしまう。だから負けたと言ってはいけない」とこたえた。

この時、ラジオから聞こえる玉音放送をおかみさんは「天皇陛下の泣き声だ」と表現した。清は日記に書きつけた。「天皇陛下でも子供みたいに泣くのか。日本で一番偉い人が泣いておかしいなと思いました」

焼け跡 見たままを

「夜中、空襲があって、東京方面を見ると、向こうの方が真っ赤で少し明るく、いつまでも見てると、高射砲を撃つ音がし、その音を聞いて驚いて怖くなった」。1945年の東京大空襲があった時、松戸市にいた画家の山下清は日記にこう記している。

後日、母親の生存を確かめに東京の被災現場を訪れた。「家が焼けて広い原っぱのようになっています。コンクリートの建物は爆弾でやられ、煙突だけ残っています。防空壕の隣は焼け死んだ人が2、3人いて、よく見ると死人が真っ黒になって、ちょうど炭のようです。僕は初めて死人を見たので、珍しいけれども、見ると気持ちが悪くなってしまいました」

また、別の日にも訪れ、「池から男の人が引きずり出した死人の顔を見ると、気持ちが悪くなってきます。小さな家の中に死人がたくさん並んで、よく見ると大人や子供、真っ黒に炭のようになって着物や洋服が焼けて形がなくなってるのや洋服着たままのと色々あります」とつづる。

この時見た光景が作品「東京の焼けたとこ」だ。ただ、制作したのは1949年、終戦から4年経ってからだった。

戦争を描いた清の作品のほとんどは、戦前に制作された。「観兵式」「軍艦」「鉄条網」「高射砲」など、実際に戦争の現場に遭遇したわけではなく、本や写真、映画などを見て描いた空想画か模写とされている。清のおい、山下浩さんは「当初は兵隊さんに多少、あこがれはあったのでは」と言う。

だが、作風は戦後変わった。「東京の焼けたとこ」は本人が目撃した現場を描いた、最初で最後の作品とされる。浩さんは「空襲は、かなり強烈な印象で焼き付いていたんだと思う。生活が落ち着いて、ふっと思い出した光景を表現したのでしょう」と思いをはせる。

さらに49年の「大東亜戦争」は、日本軍の旭日旗が破損しているのに、米軍の星条旗は無傷。負傷者もほとんどが日本軍。日本側が明らかに劣勢だとわかる。それまでの作品に比べ、戦争に対する嫌悪感が見て取れる。この作品は完成直後、敗戦のショックを引きずっていた社会では受け入れられず、作品展の展示を断られることもあったという。

清は日記に「中国やロシアやアメリカは大きい国で日本は小さい国だから、戦争はすぐに負けてしまうだろう」と記していた。

「戦争はよくないねと話し、相づちを打っていたのを思い出す」。作品展を開催するため、晩年までの9年間を清と一緒に全国を巡回した、八幡学園理事・松岡一衛(いちえ)さん(78)は思い出す。「戦争をするから、こんな悲惨なことになると誰かに訴えかけたかったのでは。自分の言ったことが実は正しかったと作品を通して表現したかったのかもしれない」と想像する。

清の言葉人々の心に

画家山下清は花火をこよなく愛していた。

市川市の八幡学園で暮らしていたころ、夏になると、当時の園長夫人に連れられ、同市国府台の江戸川端で花火大会を観賞した。その様子は１９３７年、15歳の時に貼り絵「江戸川の花火」に表されている。

その後は戦火が激しくなり、花火どころではなくなる。だが、よほど花火が気に入っていたようで、戦時中の日記に、街が爆撃に遭っている様子を「花火のようできれいで」などと場違いな表現もしている。

終戦を迎え、清は待っていたかのように埼玉・熊谷や群馬・高崎、東京・両国、大阪・富田林など各地の花火大会に出かけた。49年には新潟県長岡市を訪れ、翌50年に「長岡の花火」を制作した。色とりどりの花火が幾重に重なり、川面に映る様子まで描写。代表作となった。

その花火を見てつぶやいたという。「みんなが爆弾なんか作らないで、きれいな花火ばかりを作っていたら、きっと戦争なんて起きなかったんだな」

長岡の花火は明治時代から始まったが、１９３８年に戦争で中止。45年８月１日には、米軍の空襲で約１５００人の市民が亡くなった。終戦の翌年に犠牲者の慰霊と復興を祈って再開、毎年８月に開かれている。

52年、花火の打ち上げ現場にひょっこり現れた清を花火師嘉瀬誠次さん（93）は覚えている。嘉瀬さんが「危ないから向こうに行ってくれ」と怒鳴ると、清は「花火がどうして危ないのですか」と問い、その場を去ったという。

シベリアに抑留された嘉瀬さんは、帰国後の49年から花火を打ち上げ続けた。「全ての爆弾を花火にかえたい。二度と爆弾が空から落ちてこない、平和な世の中であってほしい。破壊のための火薬を楽しみのために使うんさ」

映画監督の大林宣彦さん（77）は11年、清が残した言葉をもとに「この空の花　長岡花火物語」を撮影した。花火と空襲をめぐり戦争の惨禍を訴える作品だ。長岡市民らの協力で「製作委員会」が制作し、嘉瀬さんも出演した。今も海外を含め各地で上映会が続く。

戦後70年の今年８月15、16日、日米開戦の舞台となった米国ハワイ（ホノルル市）の真珠湾で長岡の花火が初めて打ち上げられる。日本軍の攻撃を受けたホノルル市と、米軍の空襲に遭った長岡市が世界平和への祈りを託す。大林さんも参加する予定だ。

清は71年7月10日、自宅で家族と夕食した時、「今年の花火見物はどこへ行こうかな」とつぶやき、脳出血に倒れ、２日後に他界した。49歳だった。

（上田　学）

戦争へのおびえと平和への願い合致

映画「この空の花」制作　大林宣彦監督（77）

「爆弾なんか作らないで花火を」という山下清の言葉は、貼り絵をしている時、皮膚感覚で感じたんだと思う。本能的な戦争に対するおびえと切実な平和への願いが合致したんです。

２００９年に初めて長岡の花火を見た時になぜか涙が出たんですよ。花火を見てこの思いを伝えられたらいいな、というのが映画制作の動機の一つだった。

12年に米国ハワイでこの映画の上映会をした。犠牲者の遺族と思われる、私と同年代の米国の老婦人が終了後、「これから未来を生きる日本と米国の子どもたちのためにいいプレゼントをしてくれた」と私の手を握りしめた。肩の力がふっと抜けた。

敗戦70年が平和を手繰り寄せるゼロ年としてスタートしてくれれば、というこの年に安保法制問題が起きた。歴史は繰り返すのか。私たち芸術家は先を読み、時代のリアリティーを手繰り寄せようと思って作る。ただ、制作からたった4年で、次の戦争への現実味を帯びてこようとは思いもしなかった。それがちょっとショックだ。

4. 戦後70年 川鉄が来た

東京湾岸の開発

戦後70年。今日の千葉県には約620万人が暮らし、製造品出荷額は約13兆円に上る。ともに全国6位（2015県統計指標）だ。かつて農業や漁業、しょうゆやみりんの醸造業が産業の中心だった県の姿を大きく変え、復興と経済発展をリードしたのは、1950年の製鉄所進出決定に始まる東京湾岸の開発だった。

市川市にある県立現代産業科学館。「現代産業の歴史」コーナーのメインには、53年に稼働した川崎製鉄（現JFEスチール）千葉1号炉の10分の1模型が常設展示されている。鉄鉱石から鉄を取り出す施設で、湾岸の京葉工業地帯のスタートを切った、県産業史を象徴する設備だ。

戦後、新たな産業振興を目指す県は、3カ年計画（56年）、京葉臨海工業地帯造成計画（59、60年）を打ち出し、浦安市から富津市の約76キロの海岸線の約1万2千ヘクタールを次々と埋め立てた。造成地に重化学工業を中心とした企業を誘致。進出企業が漁業権補償や工事費などを県に予納する埋め立て手法は「千葉方式」と呼ばれ、後の県企業庁の開発につながっていった。

50年に千葉市沖に川崎製鉄千葉製鉄所の進出が決まり、65年には八幡製鉄（現新日鉄住金）の君津製鉄所（君津市など）が操業を開始。二つの巨大製鉄所の間の湾岸南部は鉄鋼や石油化

鉄鋼、石油化学などの企業が集積する京葉工業地帯
＝2013年、市原市、県提供

学、電力などの素材、エネルギー産業が集積する京葉臨海コンビナート（約5千ヘクタール）が形成された。２０１３年工業統計では事業者数は２３６、製造品出荷額は約７兆７千億円で県全体の約６割に上る。

君津製鉄所には78年に当時、中国の副首相だった鄧小平氏が訪れ、山崎豊子の小説「大地の子」のモデルとなった技術協力が始まる。湾岸で磨かれた技術は海外にも広がっていった。

高度経済成長の波に乗り、工業化は急速に進んだが、同時に深刻な公害問題も引き起こした。開発のあり方が再考され、湾岸北部は食品コンビナートや物流基地として整備された。埋め立て地には東京ディズニーランド（浦安市）、幕張メッセ（千葉市）などもオープン。近年では道路網の発展を生かした物流産業の進出も著しい。東京湾岸は今や多様な変化を遂げつつある。

1953年、川崎製鉄千葉製鉄所の第１高炉に火が入る。京葉工業地帯の形成の第一歩となった＝千葉市

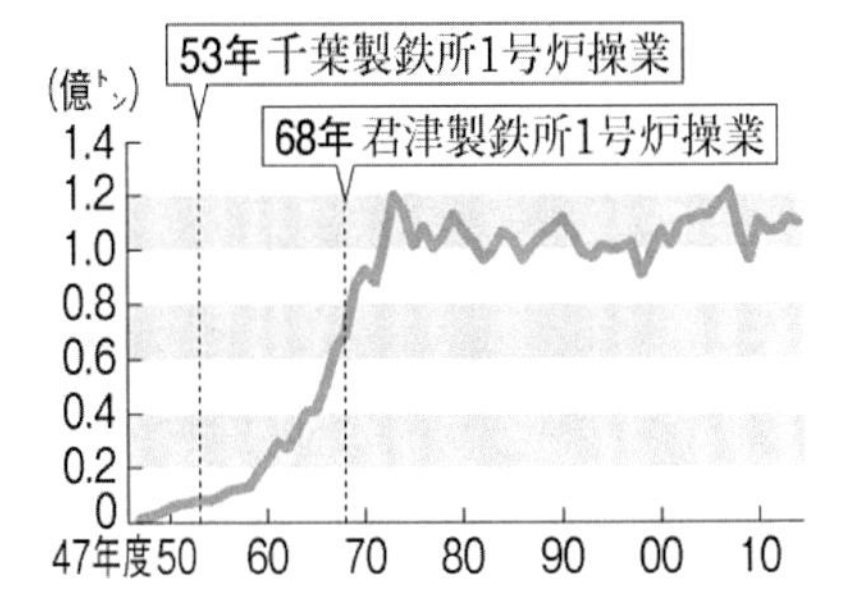

1962年、君津製鉄所の進出に伴う埋め立て工事が始まった＝君津沖、新日鉄住金提供

■戦後の県経済の主な歩み

１９４５年　終戦
　　４６年　戦後初の総選挙　山村新治郎、水田三喜男氏ら当選
　　４７年　国勢調査再開（県人口２１１万２９１７人）
　　５０年　川崎製鉄千葉製鉄所の誘致決定。柴田等氏が知事当選。
　　５１年　県総合開発計画策定
　　５３年　川鉄千葉製鉄所１号高炉火入れ
　　５４年　千葉港正式開港
　　５５年　新京成電鉄、京成津田沼―松戸間全通、住宅団地・八千代台団地の分譲開始
　　５６年　東京電力千葉火力発電所が運転開始
　　　　　　県産業振興３カ年計画で１千万坪の埋め立て構想発表
　　５７年　東洋高圧工業（現三井化学）茂原地区に進出／市原地区埋め立て工事開始
　　５８年　県、内陸部に２００万坪の工業用地造成計画を発表
　　５９年　旭硝子、市原地区に進出
　　　　　　京葉臨海工業地帯造成計画策定（７５年目標、２千万坪の埋め立て構想）
　　６０年　県開発公社設立／京葉道路（東京―船橋間）開通、常盤平団地完成
　　　　　　京葉臨海工業地帯造成計画策定（３４００万坪の埋め立て構想）
　　６３年　国鉄千葉駅、現在地に移転。京葉臨海鉄道開通
　　６４年　東京オリンピック開催
　　６５年　八幡製鉄（現新日鉄住金）君津製鉄所が操業開始
　　６６年　閣議で新国際空港建設地を成田市三里塚に決定
　　６８年　県人口３００万人突破
　　７４年　県企業庁発足、県人口４００万人突破
　　７６年　千葉市に稲毛人工海浜オープン
　　７８年　新東京国際（成田）空港開港
　　８２年　東京湾横断道路建設促進県民会議が設立
　　８３年　東京ディズニーランド開業、県新産業三角構想を策定
　　　　　　県人口５００万人突破

８４年　千葉市の百貨店、ニューナラヤが千葉三越に
８５年　東京電力富津火力発電所が操業開始
８６年　千葉ポートタワーがオープン
８７年　千葉県東方沖地震
８８年　地価公示価格、全用途平均で６０％上昇
８９年　東京湾横断道路の起工式
　　　　幕張メッセがオープン　メッセで東京モーターショー
９０年　千葉マリンスタジアムがオープン
９１年　かずさアカデミアパーク設立
９２年　地価公示価格　１７年ぶりに下落（国、県とも）
　　　　千葉市が政令指定都市に移行　成田空港第２ターミナル開業
９３年　船橋市に人工スキー場ＳＳＡＷＳ（ザウス）オープン
９４年　かずさＤＮＡ研究所オープン
　　　　常磐新線（つくばエクスプレス、秋葉原—つくば間）着工
９７年　アクアライン開通
２００１年　東京ディズニーシーが開業
０２年　県人口６００万人突破
０５年　つくばエクスプレス、秋葉原－つくば間開業
０９年　アクアライン通行料金値下げ（８００円に）
１１年　東日本大震災　旭市などで津波被害、浦安、千葉市などで液状化被害
　　　　京葉コンビナートで製油施設が爆発、各地で計画停電
１２年　三井アウトレットパーク木更津オープン
１３年　圏央道、東金－木更津東間開通

（千葉県の歴史、千葉銀行７０年史などから）

就業者数にみる産業構造の推移

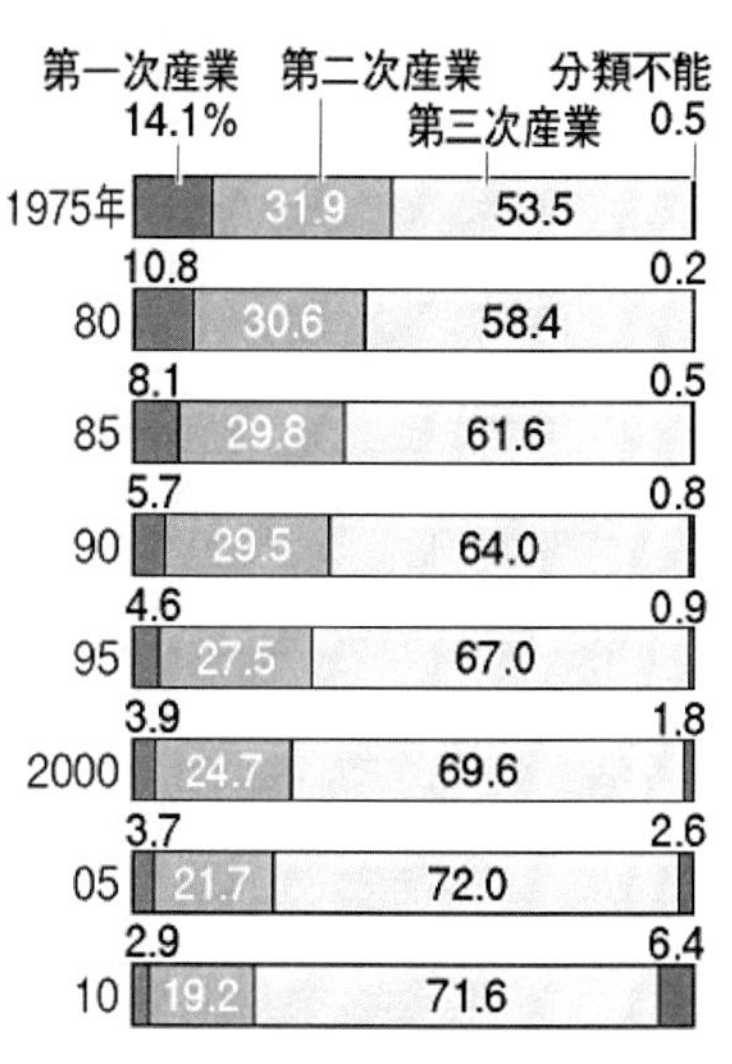

産業別15歳以上就業者数構成割合の推移。国勢調査から。小数点第2位以下四捨五入

1 究極の地方創生

「戦後最大の経済巨人」「日本鉄鋼業の中興の祖」――。政財界の要人らが様々な言葉で、その死を悼んだ男がいた。

川崎製鉄（現ＪＦＥスチール）の初代社長・西山弥太郎（１８９３～１９６６）だ。その最大の事業は戦時中、軍都と呼ばれた千葉市蘇我地区の日立航空機工場跡地に、千葉製鉄所を建設したこととされる。それは東京湾岸への企業進出第1号であり、京葉工業地帯の礎となった。

「今の言葉で言えば、究極の地方創生」。今年3月まで千葉市副市長を務めた藤代謙二（68）は、川鉄誘致をそう表現する。それは産業界のみならず、県や市、地元住民にとって未知の道のりだった。

神奈川県二宮町に生まれた西山は、東京帝国大学工学部鉄冶金（やきん）学科を卒業後、神戸市の川崎造船所（現川崎重工業）に入社。戦後まもない50年に製鉄部門が独立した川崎製鉄のトップに立った。この時すでに鉄から始まる日本の発展を考えていた。

あらゆる製品の素材になる鉄は「産業のコメ」と呼ばれる。かつては「鉄は国家なり」と言われ、粗鋼生産量は国の豊かさをはかる重要な経済指標だった。だが、日本鉄鋼連盟によると、45年の日本の粗鋼生産は米国の約７２００万トンに対し、わずか約２００万トンだった。

西山は50年11月、戦後初の「臨海一貫製鉄所」計画を国に提出する。高炉で鉄鉱石から鉄を取りだし、製品にして出荷する製鉄所を、原料輸入や製品運搬に有利な臨海部につくるという、

1号高炉に火入れする西山弥太郎・川崎製鉄社長
＝1953年、川鉄千葉製鉄所、ＪＦＥスチール提供

当時としては異例ずくめの内容だった。必要な資金163億円に対し、資本金は約5億円。世間には「無謀な計画」と映った。

だが、西山は工業を興して貿易を盛んにすることが「日本経済自立の唯一の道」と主張。国際競争を見すえ、最新設備により「低廉なる原価で良質製品を生産しなければならない」と、当時の大蔵大臣・池田勇人ら政財界をはじめ、全国の株主らに理解を求めていった。

◇

戦後、千葉の焼け野原に製鉄所がやって来た。県の産業地図と社会を大きく変えたパイオニアの足跡をたどる。（敬称略）

２ 条件のみ、逆転誘致

臨海部での工場建設を決意した川崎製鉄の西山弥太郎は１９５０年8月、山口県沿岸を極秘に調査。建設地に決めかけていた。

一方、この時期、千葉県と千葉市は、大日本紡績、日清紡績、倉敷紡績（いずれも当時）といった花形の「糸ヘン」産業の誘致に失敗、追い詰められていた。

川鉄と交渉する機会を得た県と市は、西山から要望された進出条件を前に決断を迫られる。埋め立て地の無償提供▽5年間の事業税・固定資産税の免除などをすべて了承、同年11月に同市蘇我地区の日立航空機工場跡地60万坪に、逆転誘致が決まった。

「県内に基礎的産業を誘致し、加えて関連各種工場の建設を促進することによって、本県経済財政の再建、且（か）つ労働面から失業対策の打開を図り（略）」

同年12月、柴田等の知事就任に伴い、県経済商工課が作成した「知事事務引継書」には、懸命な姿勢が記載されている。

西山は翌51年2月に千葉製鉄所の事務所を開設。同4月にはさらなる埋め立てが始まった。千葉市沖は遠浅の海で、半農半漁が主だった。多くの住民が川鉄進出で漁業権を放棄したり離農したりした。

地元で育った大川良二（80）は農業高校に通っていた。だが、川鉄進出が決まると父親から「ここでは農業は難しい」と言われた。神戸市まで入社試験を受けに行き、面接官から「うちは鉄をつくる会社。ミソやしょうゆじゃないけ

1951年。進出が決まった川崎製鉄千葉製鉄所の看板が掛けられた＝千葉市、ＪＦＥスチール提供－

ど大丈夫ですか」と聞かれたが、合格。53年3月に千葉の事務所に初出勤した。

そこで渡されたのは地下足袋。初仕事はもっこでの土の運搬だった。見れば、部長も課長も大卒社員も工場の建設現場に出ていた。

その3カ月後、1号高炉に火が入る。世界が驚く、最新鋭の製鉄所がその姿を見せようとしていた。

3 高炉に火、町に熱気

１９５３年6月17日午前11時35分、川崎製鉄千葉製鉄所の1号高炉に、西山弥太郎社長の手で火が入れられた。どろどろに溶けた高温の鉄は鉄鋼業界で「湯」と呼ばれる。翌18日午後に高炉から３６・９トンの「初湯」が生産された。

「川鉄が来て急に町が、ものすごい活気を帯びてきた」。地元の小学生だった森大死（73）はその8年前の夏、千葉市内で約１６００人が死傷した千葉空襲の被害に遭った。川鉄の敷地に当時あった日立航空機工場が米軍の爆撃目標とされ、父を亡くしていた。

高炉が稼働し、年々大きくなる工場の赤や白の煙を見ながら育った。60年には東京五輪を控えて活気づく川鉄に就職。自らも鉄づくりに励むことになった。

「空襲でやられた町に弥太郎さんが来て、そこでつくった鉄が復興と発展を支えた。感慨深いですよね」と、森は言う。

58年には2号高炉に火が入り、鉄鉱石から製品までを作る一貫製鉄所が本格稼働する。大型船が出入りできる千葉港の整備も進んだ。海外から原料を大量に輸入し、加工生産した鉄製品を輸出する千葉製鉄所は、国内外の製鉄各社のモデルになった。

「臨海製鉄所は西山さんの偉大な発明。鉄の輸出だけでなく、鉄を使う自動車や電気製品を輸出する加工貿易を生み出した。まったく新しいビジネスモデルと言っていい」。64年に入社し、千葉製鉄所副所長などを経て、２００１年に川鉄社長に就いた数土文夫（74）は言う。

1953年6月。原料を積んだ「高栄丸」が入港。初めての大型船の接岸だった。以降、千葉港の整備が進んだ＝JFEスチール提供

川鉄の隣に東京電力千葉火力発電所を誘致し、工業化に必要な電力を得た県は、1960年の京葉臨海工業地帯造成計画で3400万坪の埋め立てを構想していくことになる。

1号高炉は約21年6カ月稼働して通算約975万トンを生産。新炉の完成で使命を終え、77年2月15日に吹き止められた。

4 金屏風、間に合った

「300の折りたたみイスと、立派な金屏風をすぐに用意してほしい」

千葉市中央区道場南で代々、寝具店を営んでいた有賀建治(88)は、川崎製鉄千葉製鉄所の資材担当の部長からの依頼に頭を抱えた。1953年6月17日に1号高炉の火入れ式が行われる直前のことだ。

しかし、簡単には見つからない。地元の本町小学校などの講堂に旧陸軍下志津飛行場の格納庫の鉄骨が再利用されていた時代だ。「戦後間もないころ。千葉は空襲でみんな焼けちゃっていて。途方にくれました」。有賀は戦時中、海軍予科練にいた。寝具店の実家は千葉空襲で焼かれ、祖父も犠牲になっていた。

戦後は宿直勤務がある県警や国鉄に布団を納めていた。県警の顔見知りに事情を話したら「わかった。貸すから持っていきなよ」との返事だった。

問題は金屏風だった。心当たりを探したが、どこにもない。ふと、父親が市内の料亭にあったことを思い出した。父親は「確か、荷物は四街道に疎開させていたはずだ」という。川鉄にトラックを回してもらい、金屏風を借りて会場に運んだ。

当日、有賀は弁当を配っていて式典は見ていない。だが、部長から調達の苦労を聞いた西山弥太郎社長は喜び、「よし。みんなでその料亭に行こう」となった。宴席での西山は気さくで終始にこにこしていた。「偉い人なのに腰が低くて、まったく偉ぶらない人だな」と、有賀は

1948年の本町小学校の上棟式。鋼材不足で講堂の基礎は旧陸軍飛行場の格納庫の鉄骨が使われた＝千葉市提供

その後、川鉄独身寮などに6千セットの寝具を納め、有毒ガスが出ていないかを調べるためのカナリア、製品がさびないようにかぶせるビニールなどを納入するようになる。この料亭も川鉄関係者が常連客になった。

川鉄従業員は61年に1万人を、65～68年のピークには1万5千人を超えた。千葉市は「川鉄城下町」となり大都市に。92年に全国12番目の政令指定市になった。

5 社長と現場、心通う

1962年夏、川崎製鉄千葉製鉄所の製鋼工場。入社2年目の森大死（73）は、溶けた鉄を固める工程で働いていた。

デッキにいると黒塗りの車が止まった。かっぷくのいい人物が車を降りた。白いヘルメットには大きく「社長」の文字。男は森を見て工場内に歩いていった。西山弥太郎だった。

約2カ月後、また1人で西山が来た。直立不動の森の前を「うん、うん」と、うなずいて通り過ぎた。「何がなんでも鉄をつくるという強い気持ちが我々にも伝わった」と森は言う。

64年入社で元川鉄社長の数土文夫（74）は、入社式での西山の訓示を覚えている。「勉強しろ。1時間に15ページ、1週間で300ページは読める。3カ月で大卒以上の知識はつく」「いろいろな人と会え。人間を大きくするだろう」などと諭すように話した。

「人の長所をみるのが巧みで、一度会った人に『西山こそが自分の最大の理解者だ』と思わせる力があった」と振り返る。

JR蘇我駅近くにお好み焼き店「お恵」がある。厚さ12ミリの鉄板は川鉄の特製品だ。西山を「おっちゃん」と呼ぶ、鷺山恵江（78）が切り盛りする。

子どものころ、川鉄の前身の川崎造船・葺合工場（神戸市）の一角に関係会社に務める家族と住んでいた。遊び場は西山の執務室。幼少時は西山におんぶや抱っこをしてもらい、お菓子をもらった。

早朝から各現場を「ご苦労さん」と頭を下げ

「現場へ」と指さす西山弥太郎の銅像＝千葉市のＪＦＥスチール

て歩く西山。不思議に思った鷺山は「おっちゃん、偉いんちゃうのか。何で」と、たずねた。西山は「それは違う。一生懸命働いてくれる、あのおじさんたちが偉いんだ。恵江のお菓子も、みんなのおかげなんだ」と、しかられたという。

西山は66年に死去する。翌年作られた追悼集で、松下電器産業会長の松下幸之助は「鉄鋼業界の中興の祖。今日の力強い発展の先鞭(せんべん)をつけたとし「ほんとうの実業人」とたたえた。

⑥ プールが真っ黒に

高度経済成長の波に乗り、県の工業出荷額は1960年の2100億円から、80年には9兆9千億円と50倍近くに急増した。だが、一方で60年代半ばから70年代にかけ、千葉市湾岸部では大気汚染などの深刻な公害問題が起きていた。

「プールが真っ黒で、先生がサラシを渡して粉じんをすくっていた」と、川崎製鉄千葉製鉄所の地元、寒川小学校を卒業した50代男性は振り返る。その頃の空は激しく汚れていた。「一晩で稲が白い灰をかぶって全部倒れた。トタン屋根もすぐに腐食した」（60代男性）、「窓を開けるとすぐに畳がザラザラになった」（70代男性）など、当時を覚えている人は多い。

悪化する大気汚染と健康被害を訴える市民の増加に、67年、千葉市議会は公害対策特別委員会を、市も公害課を新設した。

「公害を許すな――（略）わずかの間に「公害」という言葉が日常用語となって人の目にふれ耳に響いてくることにつけても"公害"が激しく押し迫ってきたかがうかがわれます（略）」

71年1月の市政だよりで、当時の荒木和成市長は「公害にモラルを」との文章を寄せている。72年7月5日からは連続6日間、大気汚染注意報が発令され、「七夕汚染」と呼ばれる事態になった。国会ではこの時期、第一次田中角栄内閣が発足した。

市民からの相次ぐ苦情に市職員らは悩んだ。「公害問題は前例のないことばかり。患者は最悪の場合、発作で死んでしまう。行政に何ができるのか」。東京都や横浜市、川崎市などに、

1975年の川崎製鉄千葉製鉄所の夜景＝千葉市

勉強に行き、「他都市に負けないように」仕事に励んだ。四日市ぜんそくなど全国の公害に関する新聞記事は毎日、切り抜いていた。

「ちょうど経済発展と公害のバランスが問われた時期だった」。環境行政に長年携わった市役所ＯＢの中田耕一（68）は振り返る。

7 経済成長への警鐘

1975年5月、気管支ぜんそくなどに苦しむ患者らが川崎製鉄を相手取り、損害賠償や大気汚染物質の排出差し止めなどを求める訴訟を千葉地裁に起こした。千葉川鉄公害訴訟。92年8月に東京高裁で和解するまで17年間争われた、通称「あおぞら裁判」だ。

一次と二次提訴を合わせた原告数は431人(うち患者61人)に上った。患者らは二酸化硫黄や粉じんを吸い、せきやぜんそくの発作に悩まされていた。

「はってでも裁判に出ます」。提訴を報じた75年5月27日の朝日新聞千葉県版には、患者の最年長の女性原告(当時74)が「セキ込んで真っ赤な顔に汗をにじませながら決意を語った」とある。この時十数人の患者が「ゼー、ゼー」とぜんそく発作を起こしたという。

提訴に先立ち、弁護団事務局長を務めた高橋勲は、原告団長で県立千葉高校教諭の稲葉正から相談を受け、参加を決めた。相手は鉄鋼大手。豊富な資金力と証人、資料の量に歴然とした差があった。「まるでコンピューター対電卓だ」と思ったという。

川鉄側は一、二審とも炉の操業と健康被害との因果関係を強く否定し続けた。吉田亮・千葉大教授の疫学調査も全面否定。その主張ぶりに、高橋は「川鉄を通じた、財界全体の強い意思」を感じたという。

裁判は長期化し、亡くなる患者も出てきた。92年8月10日、東京高裁809号法廷。高橋は「生きているうちに救済を」と和解を求めた。

川崎製鉄千葉製鉄所近くの小学校で肺機能の検査を受ける児童たち＝1970年、千葉市

川鉄の門田研造副社長は法廷で「ばい煙などによりご不便、ご迷惑をかけたことも否定しがたく、深く反省している」と謝罪し、和解が成立した。ただ、裁判所は製鉄所による大気汚染と健康被害の因果関係は「必ずしも明らかではない」とした。

「あおぞら裁判」はその後各地に広がった。高橋は「経済成長に突っ走ってきた日本に警鐘を鳴らした」と振り返る。

8 発展　岐路に立つ今

川崎製鉄千葉製鉄所の誘致から10年後の１９６０年、君津の海に八幡製鉄（現新日鉄住金）の君津製鉄所の進出が決まった。地元の漁協は61年に漁業権を譲渡。わずか6カ月で１００万坪が埋め立てられ、65年に操業を開始、68年には第1高炉が稼働した。

その頃、毎週２００人規模が北九州市の八幡製鉄から君津に「民族大移動」した。70年には八幡と富士製鉄が合併。世界首位の新日本製鉄の主力工場になった。

78年10月、中国の副首相だった鄧小平が君津を訪れ、言った。「これと同じものを造ってほしい」。中国への技術協力が始まり、現在の宝鋼集団の宝山製鉄所（上海市）ができる。山崎豊子の小説「大地の子」のモデルになったエピソードだ。

72年入社の渡辺勇吉（61）は技術協力で84年末に上海に渡った。赤いじゅうたんが敷き詰められ大歓迎ムードの工場は、君津と錯覚するほど似ていた。「使っている機械までまったく一緒なのにはびっくりした」。8カ月かけて鉄づくりを伝授し、教え子との絆を深めた。

そしていま、県経済を支え、世界に影響を与えた京葉工業地帯は曲がり角に立つ。最大5基が稼働していたＪＦＥスチール（旧川鉄）千葉の高炉は現在は1基。新日鉄住金君津は来年４月、3基を2基にする。さらに、君津製鉄所は遊休地に昨年イオンモールを、ＪＦＥは約10年前から工場跡地に商業施設などを誘致し、有効活用を図る。

1978年に君津製鉄所を訪れた鄧小平氏＝新日鉄住金提供

県も既存工場の競争力強化のため、緑化規制の緩和や工業用水の負担軽減など支援策を打ち出す。

千葉商工会議所会頭で元千葉銀行会長の石井俊昭（73）は「国内工業がかつてのように伸びることはない」という。「相変わらず経済が何番という国にするのか、別の道を選ぶのか。その中で千葉県の役割も決まってくる」と指摘する。

「現場で考えろ。現場が川鉄の研究の場だ」と言い続けた西山弥太郎の銅像がＪＦＥ千葉に立っている。その右手は、ものづくりの現場を指さし続けている。

（大和田武士）

急激な工業化は公害というひずみを生む。川崎製鉄千葉製鉄所の大気汚染について1988年に千葉地裁の判決が出たが、裁判は92年の和解まで続いた＝88年、千葉市

5. 語り継ぐ戦争

1　片岡栄子さん（82）＝大網白里市

兄が２人いた。２人とも中国に出征した。私が10歳前後の頃だ。上の兄は23歳で召集された。下の兄は18歳。ここから、私たち家族の悲劇が始まった。

上の兄は工兵だった。揚子江に橋を架けるのが仕事だったが、揚子江はひどく汚れていて、川の流れが速い。足をとられ、流された。耳や鼻からばい菌が入ってしまい、体調を崩して日本に帰還させられた。

優しい兄だった。「お国のためにならなかった」といつも悔やんでおり、体調が悪いのに勤労奉仕を続け、結核を患ってしまった。伝染するからと、私は１・５キロ離れた親類宅に移された。母は自宅で豚、鶏、ウサギなどを飼い、兄に栄養をつけさせた。兄夫婦には娘が生まれていたが、兄は26歳で亡くなった。子どもを一度も抱っこできないまま。

一方、下の兄は陸軍歩兵部隊だったが、地雷を踏み、右足が付け根から吹っ飛んだ。痛みが腰、内臓へと響き、つらそうだった。でも、もっとつらかったのが、周囲の言葉だ。近所の人たちは右足を失った兄を「１本」と呼んでいた。

２人とも無念だったと思う。戦争は絶対にやっちゃいけないと言い続けたい。

（木村浩之）

■ひと言■

「個」を大事に互いを尊重する世の中を望む。平和につながる。

2 生島涉さん（83）＝松戸市

1945年8月9日は長崎工業学校の1年生、13歳だった。長崎半島の海岸で陣地の構築作業をしていた午前11時過ぎ、突然、大きな警笛が鳴り、すぐに周りが真っ白になった。土の入ったモッコを放り投げて防空壕に飛び込んだ。

夜、長崎市内の自宅に戻ると母と兄、4人の弟妹が無事でいた。ただ、末の弟は光を見て目をやられ、妹は頬が赤く腫れていた。爆心地からは約7キロだった。

数日後、母と爆心地に近い叔母の家に向かった。途中、県庁はまだボンボン燃えていて、市役所周辺に来たら、ものすごい死臭が漂ってきた。炭化した遺体があちこちにあった。

真っ黒の焼け野原となった叔母宅ではミシンが潰れていて、周りに粉々になった骨があり、叔母だと理解した。5キロほど離れたがれきの中で白っぽい粉を見つけた母が「せっちゃんの骨ばい」と言った。数日前、我が家に遊びにきた2歳のいとこの節子ちゃんのことだった。涙がぼろぼろと出てきた。帰りは積み上げられた遺体を見ても、もう何にも感じなくなっていた。

その後15年ほどは年に1、2度、40度以上発熱した。一晩で引くのだが、翌日は体がバラバラになった感じだった。被爆の後遺症だったのではないか。

戦後、鉱業や建設業の会社に勤め、29歳で上京。工事現場で突然、被爆の風景が目の前に現れる時が度々あった。決まって近くに火葬場があった。いつまでも臭いに敏感だったのだろう。

（青柳正悟）

■ひと言■

我々が生まれた時と似た状況になってきた感じがする。安保関連法案は絶対反対だ。

3　桜井静子さん（84）＝佐倉市鏑木町

四街道市の小学校を卒業した１９４４年春、入試で憧れの千葉高等女学校に合格した。世はまさに戦時中で入試の用紙は準備できなかったようで、試験は口頭試問で実施された。怪しい雲行きを肌身に感じていた。

入学直後、燃料不足を補うための松根油掘りに出かけた時のこと。先生が「敵機来襲！」。機銃掃射だった。私たちは草の中に隠れて助かったが、近くにつながれていた牛に命中した。

翌45年6月10日と7月7日の千葉空襲で校舎は全焼。在校生２人が死亡、２人重傷、校長も犠牲になった。街は焼け野原で、「足がかゆい」と声をかけてきた人は足がなかったり、軍服を着た人は背中が負傷して肩甲骨が飛び出ていたり。悲惨な状況だった。

終戦を迎え、施設を間借りして授業を再開した。旧兵舎を改築した新校舎で再起を誓った矢先の49年2月、原因不明の火災で何もかも焼けた。「千葉高女は廃校か」のうわさも広がった。

多くの生徒が放心状態のなか、生徒会活動をしていた私は「校舎は焼けても学校は焼けない」と叫んだのを覚えている。職員や関係者らが手を取り合い、学校の復興を誓った。

その後、小中学校の教師になった。二度と教え子が戦争に巻き込まれないよう、教師仲間で活動してきた。自分たちから戦争を仕向けることは決してあってはならないと死ぬまで唱えたい。

（上田　学）

■ひと言■

過去の歴史を踏まえて謙虚になるべきだ。

4　池田昭さん(86)＝いすみ市

突然のことだった。今の茂原市に住んでいたが、自分の家の目の前、道路を挟んだ土地までが接収されて、飛行場になった。１９４１年9月に始まった茂原海軍航空基地の建設だ。

当時は県立長生中学（現・長生高校）に通っていた。地域の他校の生徒らと共に、工事に駆り出されたことを覚えている。トロッコで土を運んで、のどがからからになった。できてからも草取りにでかけた。

それまでは普通の静かな町だった。家の前には養鶏場があった。小川があって、イチゴを作っていた畑があったことも覚えている。飛行場ができてからは、海軍のパイロットらがやってきて、町には遊び場も作られた。離着陸したり、急降下したりする訓練の様子をよく見た。

45年になって空襲を受けた。防空壕の中から顔を出して見た。機銃掃射する米軍機の、パイロットの姿まではっきりと分かった。いつこちらに来るかと気が気ではなかった。そのころ、空襲で近くの同世代の生徒が亡くなったと聞いた。

45年3月末に茂原を離れ、海軍経理学校に入ったが、留守の間も空襲を受けた。終戦後に帰ったら、自宅の床の間に銃撃の跡が残っていた。

（稲田博一）

■ひと言■

戦争なんかとんでもないこと。戦争の話を伝えていかねばならない。

5　真行寺才江子さん（88）＝佐倉市

戦争が激しくなった頃、尋常高等小学校の新米教師だった。１９４５年7月18日、学校から山へ松根油を集めに出かけた。生徒数十人を私ひとりで連れて出た。

山に到着直後、空襲警報が鳴った。「しまった。今から学校へは戻れないし…」。考える暇もなく、流れ弾が飛んできた。「木の根元に伏せて」と大声で怒鳴ったのに、戦闘機の爆音と子どもの騒ぐ声でかき消されてしまう。

それどころか、男子は木に登り、「すげえぞ」「飛行機が火を噴いた」「おもしれえ」などと空中戦を観戦。私が「静かに。早く下りなさい」といくら声を張り上げても、全く言うことを聞かない。

そうするうちに弾が目の前に転がり、ぞっとして体の震えが止まらなくなった。「下りてきなさい」と声を振り絞るようにして言った。女子のほとんどは雑草の中に伏せてくれたが、男子はやはりダメ。「子どもたちにけががないように」と祈るしかなかった。

空中戦が終わり、辺りが静かになって腰を上げたとき、青い顔をした校長先生と教頭先生が自転車を飛ばしてやってきた。無事を報告し、全員そろって帰れたことが何よりもうれしかった。当時、まだ未熟だった私には貴重な体験だった。

（上田　学）

■ひと言■

とことん話し合って戦争にならないようにすべきだ。

6 上田美毎（よしかつ）さん（73）＝佐倉市

父は１９４１年7月16に戦争に行った。同じ月の28日に生まれた私の名前は叔父がつけてくれた。終戦から1年が経った頃、父の死亡の知らせが来た。36歳だった。兄に言われてまだ小さな私が骨つぼをお墓に入れた記憶があります。

送られてきた骨つぼは、母が「開けちゃ嫌だ」と言うから中は見なかった。カタンカタンと音がしたらしい。父・田島辰右衛門は一人息子で、祖母は「辰は帰る」と毎日のように言っていたそうですが、父の死を知る前に亡くなりました。

戦後、母は農家に習って麦やさつまいもを作り、夜は近所の人に頼まれた裁縫をし、４人の子を食べさせてくれた。母の顔は青くなり、やせこけ、30代なのに腰が曲がっていた。命がけで育ててくれました。

20年ほど前に戦友会を調べ、父のことを聞いた。父はニューギニア島で敵の飛行機を見張る係だった。餓死したようです。父を知っている人から「色の白い、優しい人だった」と聞いた。それを伝えた時、母は「やっとお父さんに顔向けできる」と言った。

一度だけ、5歳くらいの時、夢の中で父に会ったことがある。トコトコと歩いてきた父は抱きしめてくれた。今でも父には会ってみたい。息子を失う、父を知らない、そういう戦没者遺族を生むのが戦争です。

戦没者を再びつくらせないために、「平和を願い戦争に反対する戦没者遺族の会」で事務局長をしています。

（湊　彬子）

■ひと言■

憲法9条を守り、平和な日本を孫やひ孫に渡したい。

7　花澤怜子さん(82)　＝千葉市中央区

私は還暦の年に、小学校を「卒業」した。1944年8月、東京にいた小学6年の私と弟2人は母親の縁戚を頼って、和歌山の紀伊半島の真ん中あたりに行った。学童疎開。太平洋戦争末期、安全でいくらかは食料がある地域に小学生を行かせる政策だった。

安全と言っても、終戦前には、グアム、サイパンからやってきた多くのB29が京阪神に爆弾を落とし、紀伊半島沖の連合軍空母からは艦載機も飛来していた。

45年春。東京には帰れず、現地の旧制女学校に進学した。だが、和歌山は敵前上陸の候補地のひとつで、1カ月で学徒動員になった。学校は軍隊が接収、陣地構築の名の下に、山の横穴陣地を作っていた。その資材運びに動員された。

当時は日本が勝つならばと思っていた。京阪神にいったB29が残りの爆弾を落とし、同級生が爆死したり、男子生徒が機銃掃射で死んだりする中で、疎開生活を続けた。

戦争がなければ卒業するはずだった東京都の小学校は生徒数が多かった。50歳を過ぎてから「卒業式をしよう」という話になった。そして、93年4月1日に「卒業式」をした。

6年の1学期まで在学していたという在学証明の修了証書の形で「卒業証書」をいただいた。そのうれしさは忘れられない。でも、こんなことは二度とあってはならない。

(大和田武士)

■ひと言■

戦争は非戦闘員を巻き込み、犠牲にする。

8　井上和夫さん（86）＝柏市

　敗戦は旧富勢村（現・柏市）に駐留していた陸軍東部83部隊の歩哨から聞いた。大学生だった。天皇のお言葉があるというので、東京の下宿先から家族が疎開していた旧田中村（同）を目指す途中、ラジオを聞かせてもらおうと部隊に立ち寄った。「これはえらいことになった」と考える半面、「これからやっと勉強できるな」とも思った。

　軍国少年だった。軍艦マーチが流れるラジオから開戦を聞いた時は「やった」と高揚した。が、中学校の終わりから勤労動員で都内の自宅から戦闘機の発電機製造工場に通う日々。昼食は丼にふかした皮付きのジャガイモで、その周りにごはん粒がつく程度だった。

　度重なる空襲で動員先の工場も自宅も焼けた。敗戦3カ月前は、静岡県御殿場の陸軍演習場で九十九里に上陸する米軍の戦車を想定し、地雷をつけた棒を持って体当たり訓練に明け暮れた。教官は「おまえたちの方が多いから戦車はつぶせる」と豪語していた。

　戦後は田中村に開校した中学校で英語を教えた。戦時中は命を捨てることに何の抵抗も持たなかったが、子どもたちへの教育こそが大切だと痛感したからだ。40年近く柏と鎌ケ谷市で教壇に立ち、鎌ケ谷の教育長も務めた。今、日ごとにきな臭くなり、戦争に逆戻りするのでは危惧している。

（佐藤清孝）

■ひと言■

　二度と子どもたちに棒地雷を持たせてはいけない

9　大塚淳子さん(78)　＝千葉市花見川区

父の仕事の関係で旧満州で育ち、終戦を迎えた。直前にソ連軍が侵攻し、警察や役所、銀行は押さえられた。ソ連軍の兵士は日本人を襲い、金品を奪っていった。私の家も度々押し入られ、銃を突きつけられて時計やラジオなどを奪われた。抵抗した人は殺され、近くの川には毎日、日本人の死体が浮いていた。

終戦から1年近く経った1946年6月に引き揚げ命令がおりた。天井や窓のない貨物車に身動きができないほどに詰め込まれ、父、母、弟とともに日本を目指した。トイレはなく、乗客たちが貨車の隅に穴をあけて用を足した。

ある晩、線路が壊れていたため、大雨の中、列車を降りて宿舎まで歩くことになった。途中、お年寄りや幼い子どもら体力のない人たちは次々に倒れていった。私は離されまいと父のベルトを必死につかんで歩いた。倒れた人たちが私の服をつかんできたが、助ける余裕はなかった。ようやくたどり着いた宿舎では、みんな疲れ果て、死人のように眠った。

旧日本軍の軍艦で博多港にたどり着き、船から日本の緑の山々が見えたときは、甲板に駆け上がって涙を流して喜んだ。7月10日、ようやく品川駅に着いたときには、新しかった靴はボロボロになっていた。

（土肥修一）

■ひと言■

戦争は人の命だけでなく、人間性を奪っていく。

10 地引久男さん（95）＝長柄町

徴兵検査を受けて、１９４０年1月10日に近衛野砲兵連隊に入った。２等兵から曹長にまでなったけれど、故郷に帰ってきたのは、終戦から2年以上も経った47年10月30日だった。

40年6月に戦地に出て中国の広東省に行かされた。当時はまだ大砲を移動させるのは馬で、新兵にはその世話が大変だった。その後、仏印（フランス領インドシナ）に行った。

太平洋戦争は41年12月8日に始まったといわれているが、３日にはすでにタイとの国境近くまで行って準備していた。タイを通過して、マレー半島を南下してシンガポールへ進んだ。砲兵だが、通信を担当していたので歩兵の司令部と同行した。シンガポール攻略戦では敵前上陸もした。歩兵が大被害を受けたという報告も聞いた。

生き残ることができたのは、その後、北スマトラに行き、ずっとそこにいたからだろう。転戦していった師団は大きな被害を受けたと聞いた。

戦後、なかなか帰ることができなかったのは、連合軍に捕まってシンガポールで作業をさせられたから。青春はまるっきり戦争だった。ばかみたい。

（稲田博一）

■ひと言■

戦争は嫌だが、なくならないと思う。だから憲法９条が必要なんだ。

11　天坂（てんさか）　靖さん(75)＝流山市

中国・旧満州で生まれた。5歳の時、ロシア（旧ソ連）の兵隊がいきなり父を連れて行った。残された母と私と弟2人は家を追い出された。乗せられた列車のドアが開き、転がり降りた記憶がある。中に何人か子どもが残っていたが、死体だった。連れて帰れないと考えた母親が首を絞めた、と後で聞かされた。収容所で母は頭を丸刈りにして、ピストルのようなものを天井に隠していた。「ロシアの兵隊が来たらこれで皆死ぬのよ」と話していた。

その次に覚えているのは船の上。誰かが「日本だァ」と叫ぶ声が聞こえた。港は汚いごみの山、ぼろぼろの服、黒い顔ばかり…。これが皆帰りたかった日本か。そんな印象だった。

北海道の小さな村にある父の兄の家に身を寄せた。ある日、母が家の裏で泣いていた。父が死んだと連絡があったそうだが、私にはその意味が分からなかった。子ども3人を育てるため、母は小学校の先生になった。食べることだけの毎日。カボチャばかり口にしたので手が黄色になった。

ある時、死んだはずの父が突然帰ってきた。ヒゲぼうぼうの大きな男。「お父さんですよ」と母の涙声が聞こえたが、下の弟は恐ろしがって泣き出した。この頃から学校の記憶がある。友だちもできた気がする。それまでは周りの子どもは皆敵だった。

（青柳正悟）

■ひと言■

人はこの世に生をもらった以上、命を大切に幸せにならなくてはいけない。

12 木川利子さん（82）＝成田市

１９４４年、小学5年生の夏、旧中郷村（現成田市）の自宅に学校から戻ると親戚や近所の人が大勢集まっていた。父親はがっくりと肩を落とし、母親の顔は涙でくしゃくしゃになっていた。「兄ちゃんが戦死したんだよ」。母親がそばに来て告げた。

兄は11歳年上で、５人兄妹の最年長。末っ子の私の面倒を良くみてくれ、優しかった。戦争が始まってまもなく軍に召集。乗っていた船が攻撃されたという。乗船する前に書かれた最後の手紙には「鹿児島港から〇〇方向へ向かう」と行き先が書かれていなかった。恐らく軍事機密だったのでしょう。

その後も、生活は大変だった。だんだんと物資が不足。母親たちの着物はもんぺに替わった。学校では、校庭の隅に防空壕を掘ったり、農家の手伝いをしたりと、作業の方が多く、あまり勉強した記憶がない。

45年8月15日は日直当番で登校していた。校内の児童全員が校長室に呼ばれ、ラジオから流れた玉音放送を聞いた。難しくて小学生には理解ができなかったが、校長先生が目を赤く泣きはらしながら「日本は戦争に負けたんだよ」と説明してくれた。それに続き、「これからどういう生活が始まるか分からないけど、自分自身を大事にしながら生活しなさい」と言葉をかけてくれた。

（大津正一）

■ひと言■

日本が平和でいられるにはどうすればいいのか、国は真剣に考えて欲しい。

13　臼方　馨さん（84）＝神崎町

国民学校高等科を卒業した1945年3月、14歳の誕生日を目前にし、農兵隊に入った。徴兵で男手が減り、食糧増産のために動員された少年たちの部隊で、小見川町（現香取市）に配属された。

一汁一菜の食事は、家の半分の量。腹が減って減って仕方が無かった。軍隊並みの厳しい訓練のなか、家族が恋しくて寝床で泣くやつがいた。

間もなく小隊長から、満州（中国東北部）に行く県報国農場隊の募集の話があった。国民学校では「天皇陛下に忠義を尽くせ」と教えられた。予科練や戦車兵の試験を何度も受けたが、ちっぽけな体のためか、身体検査で落とされていた。

だから「お国のために」と、すぐに志願した。しかし何の音沙汰もない。しびれを切らして小隊長に尋ねると、「お前は行かない方が良い。願書は出さなかった」と言われた。彼を恨んだ。

後で知ったことだが、満州に渡った同じ小隊の友人は、その年の8月15日、終戦の日に中国人から鉄砲で肩を撃ち抜かれた。傷は癒えたが、翌年3月に発疹チフスで亡くなり、二度と日本の地を踏めなかった。

小隊長は、自分が体が弱そうで農家の跡取りだったから止めたのだろう。もし満州に行っていたら、同じような運命をたどったと思う。

（岩城　興）

■ひと言■

戦争に行かない奴（やつ）が笛を吹く。

14 鹿野総子さん(81) =千葉市緑区

小学5年生のころから空襲が増えてきた。生まれ育った旧飯岡町のわが家では地面を2mぐらい掘り、防空壕をつくった。板を張りワラを敷いて、布団もタンスも壕に入れてあった。

1945年3月に近くの銚子が空襲された。夜中のサイレンで目が覚めた。「ワッ」と、窓から外を見た母が声をあげて驚いた。銚子の方角の空には何十機という敵機の編隊が飛び交い、爆弾を落としていた。防空壕で寝ようとしたが、寒くて恐ろしくて寝られなかった。

その頃、近くの海上で米軍機と日本軍機の空中戦が何度もあった。子どもたちは土手から様子を眺めて、敵機が撃墜されると「やった。やった」と喜んだ。

翌朝、海岸に行くと亡くなった兵士が浜に打ちあげられていた。日本兵は軍服だったが、米兵はTシャツ姿だった。

戦争が終わり「もう空襲はない。畳の上で寝られる」と思った。戦後も、台地の畑にはたくさんの焼夷弾が残っていた。近所の男の子が触っていて、爆発したこともあった。バーンと大きな音がしたので見に行くと、真っ青な顔の男の子が倒れていた。内臓が全部飛び出て、即死していた。

(大和田武士)

■ひと言■

戦争をして、よいことは何もない。

15
倉田禎夫さん（89）＝山武市

敗戦1カ月前の1945年7月、当時、千葉青年師範学校（現千葉大）の学生だった私は佐倉の連隊に入隊した。3日後、夜中に起こされて列車に乗り、館山の海軍砲術学校に着いた。師団が編成され、伝令役を任された。

九十九里浜に米軍の上陸が予想され、房州には兵隊が至る所にいた。だが、兵器がなかった。米軍には水陸両用の戦車や火炎放射器があるのに、1個中隊で銃が5丁ほどしかない。これでは戦争にならない。もし上陸していたら、今の山武市は火の海となり、ほとんど誰も生き残っていなかっただろう。

8月に仙台予備士官学校に配属替えになった。仙台は空襲で焼け野原だった。着いて10日ほどして戦争は終わった。玉音放送を聞いたとき、ほっとした。負けて悔しいとは思わず、これで命が助かったという気持ちだった。

44年10月のレイテ沖海戦で、旧大富村の尋常小学校時代の友人3人が戦死した。初めての特攻隊員で、出撃時に村の上を旋回して南の空に飛んでいった。1人は人間魚雷「回天」で散った。村葬で私が弔辞を読んだが、遺骨は戻ってこない。いかに戦争とは惨めなものか。

70年間、欠かさず3人の墓参りを続けてきた。私は一回死んだ命だと思って、ずっと生きている。

（石平道典）

■ひと言■

戦争は人殺し。絶対にやってはいけない。

16 若林淑子さん(81)＝千葉市若葉区

1944年8月、国民学校の5年生だった私は、東京から静岡県に集団疎開に向かった。泊まりでしょ、うれしかった。でも疎開先のお寺に着いて、夜に1人が泣き出すと、みんな泣いた。怒られるから、布団をかぶって泣きました。

お寺での生活はどれをとってもつらかった。東京から届く小包は先生の前で開け、食べ物は取り上げられた。手紙に「つらい」とひと言でも書けば、送ってもらえません。「楽しい」と書きました。

45年6月、再疎開で青森県へ。途中、列車は品川駅に寄ったが、下車は許されず、集まった父母が開けた窓に群がった。私は「お父さん、お母さん」と何回も叫びました。「空襲で死んだかな」と諦めかけたころ、近所の方だったのか、女性が「(両親は)無事で、千葉にいるって焼け跡に書いてあったよ」と教えてくれた。人生で一番うれしかったことです。

青森での生活はひどいもので、夕飯に、農場の取り残しイモを拾ったり、土手のフキを摘んだりした。松林で乾布摩擦をしていた時、突然、機銃掃射があり、夢中で学寮に戻ったこともあった。

終戦後の9月末、父が迎えに来た。自宅は焼けてしまい、混雑する列車で約1年ぶりの父にそっと寄り添い、姉がいた千葉に向かいました。

疎開から終戦までの正味1年の記憶は忘れられない。負担が大きかったんでしょうね。

(湊　彬子)

■ひと言■

戦争は大嫌い。平和な今の生活を大事にしたい。

17　中川康三さん（84）＝船橋市

父が教員をしていた南樺太（現サハリン）で生まれた。敷香（現ポロナイスク市周辺）で中学に入ると、大半は勤労動員だった。

中2だった1945年8月14日、校長を隊長に部隊を組織し、国境に向かうよう指示が出た。生徒は校旗のまわりの金モールを1本ずつもらい、戦死したら分かるように胸に付けてこいと言われた。ところが、翌日集まってもなかなか出発しない。しばらくして玉音放送を聞いた先生が出てきて「出発は中止」と告げられた。

母と二つ下の妹が先に内地に向かった。母たちが乗っていた船を含む三つの船が砲撃で沈められ、1700人以上が犠牲になった。2人は直前に「海が怖い」と船を下りていて無事だったが、私たちが帰国するまで分からなかった。

母たちから2日ぐらい遅れて、父と二つ上の兄と私も出発した。夜明けにサイレンが鳴り「ソ連軍が来たから逃げろ」と言われたが、町長がみんなを逃がそうと脅かしたらしい。振り向くと町には火が付けられていた。

逃げる途中でソ連軍に足止めされ、「危害は加えないから元の生活をしろ」と言われ、敷香に戻った。一緒に住んでいた先生と私が炊事係。ソ連軍が米とコーリャンを配給してくれ、バザール（市）で物々交換もできた。食べ物は内地のほうが大変だったと思う。

47年4月に帰国の許可が出て、故郷の米子駅に着いたのは5月3日。憲法施行を祝って旗が立っていたので、今でも覚えている。

（伊勢　剛）

■ひと言■

戦争になれば殺すし、殺される。戦争そのものを憎まなくちゃいけない。

18 宍戸武志さん(78)＝松戸市

戦争時は横浜市にいた。小学3年のとき、親元を離れて市内の小学校に集団疎開した。リンゴ箱に教科書、食器、衣類を詰めて行った。100畳敷きの裁縫室の1畳が寝床だった。リンゴ箱が食卓で学習机だった。校庭は陸軍部隊が訓練場代わりにしていて、こっそり食べ物を交換した。相手はジャガイモ、こちらはコーリャンと呼ばれるモロコシ。それでも腹が減って、腹が減って。

1945年5月29日の横浜大空襲は、午前9時ごろに爆撃が始まった。校舎から出ると、山の向こうから煙が上がっていた。立って見ているしかなかった。昼には、空が煙で夕方みたいに暗くなった。夜、自転車で児童の家を回った先生が「お前の家は無事だった」と教えてくれた。爆弾が落ちた所は5ｍくらいのすり鉢状の穴ができ、すぐ横の家は傾いていた。

7月末に母が疎開先の学校に来て「一人では死にきれない」と私を自宅に連れ帰った。集団疎開は国の決定だったから、特別な事情がないと帰れないはずが、どうやったんだか。それからはあっという間に終戦。もう10年早く生まれていたら、死んでいたと思う。

（棚橋咲月）

■ひと言■

戦争を覚えている人もどんどん減っていくと思うと寂しくなる。

19　北原八恵子さん（83）＝千葉市美浜区

１９４５年に、大阪で空襲に遭った。私は13歳。学徒動員で過酷な仕事をさせられ、あかぎれではれた手からは血が噴き出ていた。その夜、母はその手に薬を塗りながら、「お上（かみ）」（政治を執り行う機関。為政者）は何をしているのかと泣いた。

姉のアパートから工場に市電で通う途中、空襲に遭った。駅前の防空壕に入ろうとしたが、大人の男の人に「いっぱいだから」と追い出された。私は後ろから敵機の攻撃を受けながら、方角もわからないまま逃げた。

今、亡き母の言葉を思い出す。

私は防空壕から私を追い出した人を「鬼」と言った。母は「人を恨むな。その人を仏様と思え。逃げることを教えてくださったのだ」と言った。

その母が最後まで恨んだのは、戦争を引き起こした「お上」だった。

あと半年で学校を卒業でき働ける一人息子の兄を兵隊にとられ、たった１人の母の弟は、南方の戦地に送られ戦死。その妻は幼い子供２人を残し、結核で病死。戦後に帰って来た母の弟、おじの骨箱のなかは紙切れ一枚の名前だった。

（大和田武士）

■ひと言■

戦争は女、子供の犠牲が多いのです。

20 藤田久子さん（88）＝佐倉市

戦争当時は仙台市に住んでいた。１９４５年7月の仙台空襲に遭った。深夜なのに各地で火の手があがり昼のようだった。家族で逃げ回り、広瀬川の川辺の岩穴に隠れた。外に出ると町は焼け野原で、炭化した大小の遺体がたくさん転がっていた。

我が家は無事だった。家に残っていた父が、焼夷弾の炎に風呂の残り湯をかけて消していたからだ。

当時は女子挺身隊として海軍の工場に勤務していた。空襲翌日も出勤した。無欠勤を強制された友人の1人は発熱しても休めず、病気が悪化し亡くなった。

戦闘機の機関銃部品の検査係だった。1日1食の食事券があり、丼7分目の白いご飯が何より楽しみだった。ある日、食事券のつづりをなくしてしまった。

必死に捜していたら、警備室に呼び出された。券を持った警備員が「これは門外で拾った。お前はスパイ目的で外の誰かに渡そうとしたのか」と詰問された。懸命に弁明して、券を返してもらった。

その数日後、終戦になった。工場長が脇に来て「よかったな」とささやいた。それまで口にできなかったが、みんながこの日を待っていたのだと思った。

（大和田武士）

■ひと言■

政治がきなくさい。ずっと平和でいてもらいたい。

21　岡田りせ子さん（75）＝我孫子市

１９４４年、神戸から茨城県布川町（現・利根町）に両親や姉妹らと引っ越した。父が気象台の技官で、利根川沿いにできた気象測器製作所の初代所長として赴任したからだ。

当時私は４歳。家族は食料確保に苦労したようだ。官舎にたびたび泊まる客たちのために、姉は自転車で農家を訪ね、母の着物を米や野菜、卵などに交換してもらったと聞いた。母も、わずかな砂糖で煮たサツマイモの煮汁を蜜にして青菜のゴマあえを作り、客から「おいしい」といわれたことを自慢していた。

灯火管制で毎晩、光が漏れないように窓を緑色のラシャで覆った。姉が外から「もっと右上」とか位置を指図して、父が画鋲で貼った。このラシャは戦後、七五三の祝いで私のワンピースの生地になった。

姉の１人は町内で、墜落したＢ29米軍爆撃機の乗組員の青年が捕まり、トラックの荷台でさらしものにされている現場を目撃した。「かわいそうだ」と思ったが、口にできず足早にその場を立ち去ったという。

敗戦の日。工場で働くお兄ちゃんたちが声を上げて泣いていたのを覚えている。戦争の悲惨なことは後から耳に入った。幼い私が恐怖心を抱かないように、姉たちや両親が歌を教えてくれたりお話をしてくれたりして明るくふるまってくれた。感謝している。

（佐藤清孝）

■ひと言■

戦争は人殺しと破壊しか残さない。

22 河本和麿さん（81）＝市川市

１６００年から続く法善寺に生まれた。父は中国へ出征したがマラリアにかかって帰還し、住職を務めていた。本堂には塩を作る兵隊さんが５人ほど寝泊まりしていた。親戚には航空隊で教官をしていた人がいて、真っ白い制服が格好良かった。大きくなったら飛行機乗りか海軍兵になりたいと思った。

１９４５年には、東京を爆撃したＢ29が残った爆弾や焼夷弾を帰りに落としていくことがあった。新浜鴨場辺りに設置された高射砲で応戦していたが、届かなかったようだ。

７月のその日は台風でひどい雨風だった。午前３時ごろ。「ドーン」と大きな音がして、雷でも落ちたのかと思った。すぐにきな臭いにおいがした。本堂で寝ていた兵隊さんたちに「今の音は何ですか」と聞いたが、「俺たちも戦地に行ったことがないから音や臭いでは分からない」と。しばらくして爆弾が寺近くの農家や道路に落ちたと分かった。爆発で飛んできたものが本堂の屋根を壊し、雨が漏った。

夜が明け始め、片付けが始まると遺体が寺に運ばれてきた。水屋できれいに洗ってから安置された。20体前後あっただろうか。原形をとどめていない、腕や足だけのものもあった。子どもが一度に４～５人亡くなったお宅もあったようだ。

行徳を襲った空襲はあまり知られていない。寺には被害を受けた家の墓があり、７月13日の日付と名前が並んで刻まれている。

（山田知英）

■ひと言■

大切な命を奪ってしまう戦争。あんな悲惨なものは二度とないようにと思う。

23　前角栄喜さん（90）＝千葉市若葉区

1945年の夏。陸軍兵士として、九十九里浜から上陸してくると予想された敵軍に備えていた。

長野県で召集され松本連隊に。所属する部隊が千葉の香取郡に配置され、各地の寺や学校を泊まり歩いた。毎日、匍匐前進の練習ばかり。上官に殴られてけがをする人も多かった。「上陸してくる戦車の下に飛び込んで、爆破させて自爆しろ」という命令で、そのための訓練だった。

私たち兵隊は時間があれば「本土防衛のため」と、あちこちに穴を掘らされた。私は穴の縁に入れる材木をつくった。そこで最後の決戦をする予定だった。ただ、部隊には弾も爆薬ももはや何にもなかった。

45年の夏には香取郡の部隊ですら、十分な食料がなかった。当時、20歳の「食べ盛り」だったので、ひまを見つけては食料の確保に懸命だった。山でツルがあれば掘り、ヘビやトカゲも食べた。動くものは何でも食べるしかなかった。

部隊は最終的に東庄町に落ち着いた。現在の県民の森付近で、高台から九十九里沖や鹿島沖が望める。7月、水平線に真っ黒い煙が見えた。船は見えなかったが、すでに連合国の艦隊が来ていたのだろう。

8月14日の夜。上官が「未明にも敵が上陸してくる」と告げた。「1人でも2人でも突いてから玉砕しろ。死ね」と言う。近くの寺で別れの杯を交わした。今夜限りの命とわかり、誰一人として口を利くものはなかった。

軍事教育を受けていたから、命は惜しくなかった。だが、不思議と母親の顔が浮かんできた。「あー。ひと目、お袋に会って死にたいな」と思った。

15日の朝になったが、出撃命令はなかった。訓練もなかった。不思議に思っていたら、天皇の玉音放送が入り、終戦を知った。

戦争中は田んぼで機銃掃射に3度遭った。ダメかと思ったが、キュウリ畑に飛び込むなどして、3回とも助かった。

それでも「戦争が終わって、よかった」とはならなかった。「万歳万歳」と送ってくれた故郷にどの面を下げて帰るのか。思い悩んだ。

帰郷したが、母親も恥ずかしかったようだ。小さな声で「よかったな」とだけ言った。「生き残った」という後ろめたさが消えず、その後3カ月間、家の中に閉じこもってしまった。

（大和田武士）

■ひと言■

戦争は悲劇しか生まない。今の政治を見ていると、また戦争に突入する気がしてならない。

24 篠崎敏子さん（74）＝千葉市中央区

私は父親の声を聞いたことも抱っこされたこともない。１９４１年、栄養失調で生まれたばかりの私を残し、ビルマ（現ミャンマー）に出征した。それから1年ほどでマラリアにかかって亡くなったと聞いた。

唯一の思い出はビルマから届いた赤茶けた１枚のはがきとセピア色の写真１枚。物心がついたころに母が見せてくれた。はがきには家族の安否を気遣う言葉が書かれていた。

母ときょうだい４人の暮らしがどんなにつらかったか。食糧難でタニシやドジョウ、周りの草木はみんな食べた。戦争は女性や子どもを不幸にする。

45年7月、４歳になった私は長生村の自宅でいとこと遊んでいた。「ババババン、ダダダン、バンバン！」。突然、すごい音が聞こえた。目を開けると私たちのそばでミシンをかけていたおばが、口や鼻から血を流して倒れていた。米軍の機銃掃射だった。

「痛いよ、痛いよ」「たくちゃん、たくちゃん」とおばは泣きながら息子の名を呼んでいた。おばは弾が貫通し、血だらけだった。

同時に焼夷弾で自宅は半焼。幸いおばは一命を取り留め、長い闘病生活を経て90代まで生きた。今でも血を見るとあの時のことが脳裏をよぎる。

小中学生の孫３人に時々戦争の話をする。私がいなくなっても、食卓でおばあさんがあんなことを言っていたと話題に出ればうれしい。

（土肥修一）

■ひと言■

戦争の過酷さ、悲惨さを語り継いでいってほしい。

25 勝山　正さん（82）＝千葉市緑区

国民学校を卒業する直前、私は疎開先の香川県から大阪市へ戻っていた。明日は待ちに待った卒業式。ところが、1945年3月13日の深夜から、大阪は大空襲に見舞われました。

Ｂ29の爆撃で町はたちまち火の海地獄と化し、兄や母と逃げようと表に出たものの、右往左往するばかりで。一時は防空壕に隠れたが、「果てるなら、逃げるだけ逃げた上で」との思いで、燃えさかる街中を逃げ回りました。

爆撃はやまず、火の手で行く手を何度も阻まれた。道ばたに備えられた防火用水槽を見つけては手ぬぐいを浸し、口を覆って、熱風や硝煙の息苦しさをしのいで逃げ続けた。

焼夷弾の直撃を受け、崩れゆく人を目にした。幼い子供もいた。手を差し伸べることすら出来ないもどかしさを残しながら、逃げる以外にすべはありませんでした。命からがら逃げおおせることができたのは、空が白み始めたころでした。

後日、卒業証書を手にしました。幼い日々の大切な証書ですが、戦争の恐怖を思い起こさせる。当時は滅私奉公や忠君愛国を強制され、マインドコントロールされて育て上げられた。

戦争と平和を経験しているから分かる。戦争は何もいいことはありません。

（戸田政考）

■ひと言■

憲法を守って。平和が70年近く続いたのは、この憲法があるから。

26　児玉三智子さん（77）＝市川市

私は、生かされている。

7歳の時に広島で被爆した。原爆投下の1カ月前まで爆心地から300ｍほどの小学校に通い、近くに住んでいた。しかし、大都市空襲の被害を小さくしようと空き地をつくる立ち退き政策のため、爆心地から3・5キロのところに引っ越し、転校した。これがなければ、今生きていない。

●8月6日8時15分

8月6日午前8時15分。当時は空襲などで学校に行く機会が減っていたため、夏休みがなかったと記憶している。その日は朝7時ごろ空襲警報が鳴った。7時半ごろ解除になり、仕事に行く人、通学する人、みんな出かけていった。米軍はそこを狙ったのだろう。

始業前だった。教室の席は窓側の一番前。校庭に行こうかどうするか迷っていた。その時、シルバーだったかオレンジだったか突然光が襲ってきた。とっさに机の下に潜ったが、割れたガラスの破片が左肩にたくさん刺さっていた。

しばらく気を失ったらしい。周囲の友達の「助けて」の声で目がさめた。天井から落下したはりに足を腕を挟まれて動けない人もいた。その中をはって逃げた。保健室では先生が応急手当てをしてくれた。包帯の代わりに教室のカーテンを破り、止血用に巻いた。

●外は地獄絵図だった

父が迎えに来てくれた。おぶってもらって家まで帰った。途中の光景は……あれを地獄と言うのだろう。街は助けを求める人、夢遊病のように歩く人らであふれていた。何人もの人が私を背負う父にすがりついてきた。その中に私と同じくらいの女の子がいた。言葉はよく聞こえないが「水を……」と目で訴えていた。何もできなかった。

家に着いた時、父のズボンにたくさんの人の皮膚が付着していた。みんな原爆で焼けただれていたから。

家ではたくさんの人が亡くなった。頼ってきた、いとこのお姉ちゃんもその一人。最初誰だか分からなかった。顔の半分が焼けただれていた。本が好きでいつも読んでくれた、大好きなお姉ちゃんだった。14歳の女学生。爆心地から500mのところで被爆した。

暑い夏だった。どんどん化膿し、ハエがたかってウジがはい回った。最初は箸で一匹一匹とっていたが、とても追いつかない。背中が真っ白になっていった。

何も食べられない。手ぬぐいを水にひたし、しぼって口に入れてあげた。3日目の朝だった。名前を呼ばれた。「なあに?」とお姉ちゃんを抱きかかえたその時、息をひきとった。学校の先生になる夢があったお姉ちゃんは「殺された」。

●光景忘れたくても…

そうした光景は、忘れたくても忘れられない。最近は減ったが、20年ほど前までは語り部の講演の前日に必ず夢に出てきて、パッと起きた。被害のことを生き残った自分が話していいのか。いつも悩んだ。「どうして自分は死ななければならなかったのか。もっと生きたかった」。みんなそう思っているはずなのだ。毎回、講演の途中で言葉がつまり、手が冷たくなった。語り部をやめようと思ったことはたくさんある。

2011年、娘が45歳で亡くなった。ガンだった。生きたくても生きられなかった者の思いを残す必要性を再認識した。死を意味のあるものにしなければ、浮かばれない。語り継ぐことは、自分をさらすこと。正直つらいが、生き残った者は、代わりに伝えることが使命だと改めて思った。

今日の聞き手が明日の語り手だ。被爆者の高齢化で、残された時間は少ない。「ノーモアヒロシマ」「ノーモアナガサキ」「ノーモアヒバクシャ」「ノーモアウォー(戦争)」

(木村浩之)

■ひと言■

戦争、被爆は昔話ではない。今の問題である。

27 植草光春さん（81）＝松戸市

１９４３年、私は津田沼国民学校の4年生だった。当時、朝礼で指名された者が教育勅語を暗唱する決まりがあった。6月のある朝、指名された私は「チンオモウニ（朕惟フニ）　ワガコウソコウソウ　（我カ皇祖皇宗）……」と始めた。途中で間違えた気がして「あっ、違っちゃった」と思わず口にした。周りがドッと笑った。

するると、配属将校らしい教師が飛んで来た。「ふざけるな貴様、不敬罪だぞ！」。怒鳴るなり、軍靴を改造した上履きでほおを殴った。口の中は血だらけになった。教育現場にまで軍国主義が忍び寄ってくる時代だった。

我が家は津田沼の農家で、米や麦、サツマイモなどを作っていた。45年3月10日未明。西の空が真っ赤に染まるのを見た。東京大空襲だった。その翌日、東京から被災した人々が食料を求めてやってきた。父は「困ったときはお互い様。気の毒でカネなんぞ受け取れるもんじゃないよ」と備蓄していた食料を渡した。

6月ごろ、津田沼を艦載戦闘機が襲った。家に機銃弾が撃ち込まれ、生け垣のマサキの枝が吹っ飛んだ。だが、幸いにも死傷者はなかった。

8月15日、「終戦の詔書」がラジオ放送された。「殺されない日」が始まった。

（横山　翼）

■ひと言■

加害者は忘れても被害者は忘れないものです。

28 鶴岡 誠さん(76) =千葉市若葉区

水上村(現・長柄町)に生まれました。一番最初の記憶は1944年、14歳上の長兄に縁側の籐いすに座らされて、何かを話しかけられた。5歳のころです。

その兄は翌45年8月に戦死した。兄が志願して出征したことは、かなり後になって父から聞いたことです。父の遺品の中から見つけた、兄が父にあてた45年のはがきには、検閲済みのハンコが押されていました。軍は、家族との通信についても兵士を信用していなかった。

房総半島は、米軍の上陸が予想されていたので、私が住んでいた山村には兵隊さんがたくさん来ていました。ある日、家の近くの畑の脇の道で、兵隊さんが、軍服を着た兵隊さんに殴られているのを見ました。何年か後になって、母から、殴られた兵士は空腹から食用にならず捨ててあった大根を食べた。それを盗んだと思った上官に殴られたと聞きました。

当時の日吉村にB29が墜落したことがありました。歩いて見に行くと、田には尾翼があり、苗が焦げていた。神社の鳥居と思われる所に真っ白な落下傘がかかり、大きな大人が真っ裸にされて仰向けに道路わきに転がされていた。戦争による憎しみは、人々の正常な判断力まで奪ってしまうということだと、大人になってから理解しました。

戦争は多くの人を殺し、殺されるだけの無益なものです。

(湊 彬子)

■ひと言■

悲惨な戦争を繰り返すことは、あってはなりません。

29 中村みつ江さん(93)＝市原市

あの日のことはいまも鮮明に覚えている。

1945年5月8日。正午前、米軍機がビューン、ブスンと不気味な音とともに去った。3月の東京大空襲の後、毎日のように上空を飛ぶようになっていた。

私は養老国民学校（現・市原市立養老小）の教師だった。校庭で合同体操をしていたときに警報が鳴り、担任の1年生の子どもたちを防空壕に避難させた。校舎の周りに防空壕がいくつもあり、入る練習が日課になっていた。子どもたちは身体を寄せ合い震え、泣いている子もいた。

防空壕から出ると、「分教場がやられた」という声がし、4キロほど離れた川在分校に駆けつけた。消防団や兵隊が負傷した子どもの手当てをしていた。教室は砂煙が立ち込め、床や天井は血だらけだった。

米軍機の機銃掃射で4年生の児童3人が即死、10人が負傷した。丘の上にある平屋の校舎が兵舎と間違えられたのだろう。米軍機は低空飛行で谷間から撃ち込んだらしい。教師として教え子たちを失うほど悲しいことはない。

9月に学校が始まった。戦争の話は誰もせず、みんな力が抜けたようだった。「ススメ、ススメ、ヘイタイススメ」と書いてある教科書を墨で塗っていった。お国のために、と教えていたのは何だったのか。空虚で複雑な気持ちだった。

犠牲者の名を刻んだ「学童殉難の碑」が、いまの養老小にある。5月8日に遺族や6年生の児童が慰霊会を営んでいる。いつまでも語り継いでほしい。

（石平道典）

■ひと言■

戦争は子どもが犠牲になる。本当に無駄なこと。何もいいことはない。

30　平木節子さん（73）＝千葉市稲毛区

沖縄県の国頭村の集落で生まれ育った。１９４５年3月からの沖縄戦の時は、３歳だった。米軍の攻撃が激しさを増すなか、集落の約９００人は近くの与那覇岳の山中に逃げ込んだ。兄は私を背負って駆けた。恐怖におののく人々の顔。まるで肉食獣に追われる小動物の群れのようで、幼い日にみた光景を忘れることはできない。

原生林をさまよい続け、親類ら約50人は小さな沢にそって、粗末な小屋を建てた。食料は乏しく「おなかがすいた」と泣いていた。大人たちは危険を承知で夜間、里におりてイモなどの食料を持ち帰ってきた。

沖縄戦は6月まで続いた。終了を知らず7月も、山中にいた。武装した10人ほどの敵兵が山をおりるように説得にきた。

初めて見た外国の兵はグリーンがかった瞳で髪は赤茶色に見えた。私を抱っこしようとしたが、怖くて泣き出してしまった。

奇跡的に助かったが、緑豊かだった里は戦禍で荒れ果て、砂漠のようだった。72年の本土復帰のころから、復興が本格化したと思う。

77年の週刊誌で、米国が公開した沖縄の集団自決などの写真を見た。あまりの衝撃と恐怖、悲しみ、怒りで精神状態がおかしくなった。数日間、泣き続けた。

（大和田武士）

■ひと言■

「命どぅ宝　子どぅ宝」（命こそ宝　子こそ宝）。

31 竹内喜美子さん（81）＝船橋市

１９４４年7月、現在の匝瑳市に集団疎開した。家は東京都本所区（現墨田区）で、緑国民学校5年生。両国駅に見送りに来た母の涙に心ふさぎ、地元の人が歓迎してくれたのに食べ物も口に入らなかった。

疎開先は寺で、女子ばかり三十数人だった。朝の読経、掃除、洗濯、勉強が日課だった。食事は大根の葉や根菜を混ぜた麦ごはんにお汁。常におなかがすいていた。お手玉を解いて中の小豆を火鉢で焼き、口に入れたこともあった。

45年3月、東京大空襲で「本所あたりが焼けたらしい」と聞き、不安になった。１週間後くらいに訪ねてきた人から「家は焼けたけど、お父さんたちは大丈夫」と聞いてほっとした。逆に親などが亡くなって泣きじゃくる子もいた。身寄りがなくなった十数人は岩手に再疎開したが、その後の様子は苦しくて話せないと友人は言う。

２カ月後くらいに父が迎えに来て、いとこの男の子と茨城に行き、家族と再会した。82歳の祖母は焼死し、弟は上半身を大やけどしていた。いとこの父親も戦災死だった。校庭に遺体が累々としていたことなども聞いた。

後に丸木位里・俊夫妻の原爆の図を見た時、あの空襲が原爆だったら家族とも会えなかったと思った。伝えていくのが役割と考え、地元で30年間、原爆写真展を続けている。

（大谷秀幸）

■ひと言■

当時「戦争はいやだ」とは言えなかった。今だからこそ言いたい。

32 井尻賤子さん(81) ＝千葉市中央区

1944年の夏、池袋第五国民学校の5年生だった私は長野県へ疎開し、上高井郡山田村(現・高山村)の旅館・風景館で寝泊まりした。

翌年5月30日の深夜、風景館からの出火は周辺の旅館も巻き込み、級友の女子児童8人が焼死する惨事となった。私は寮母さんの機転に命を救われた。

寮母さんが「念のため」と思って、真っ暗な部屋の中、布団をドンドン踏んづけて歩いた。そこで、ぐっすり寝ていた私を偶然踏みつけた。

「早く外へ逃げなさい」。ぼんやりして寝間着姿に裸足のまま外へ出ると、あたり一面昼間のように明るかった。上を見上げると屋根から炎が燃え上がっていた。

火事の後は30歳ほどの農家夫婦に引き取られた。ある日、そこのおじ様に赤紙が届いた。

「兵隊さんになることはお国のために戦死すること」と思っていた私は、おじ様の首にしがみつき「死んじゃ嫌だ！　死んじゃ嫌だ！」と大泣きした。

おじ様は結局、戦地には行かなかった。戦後、疎開先を旅するときは必ずおじ様の家に立ち寄った。いつも大泣きした話になり、笑われた。


(横山　翼)

■ひと言■
戦地に行くことは死ぬことというイメージがある。

33 小山年男さん(85)=銚子市

三重県の山中で終戦を迎えた。東京陸軍少年飛行兵学校(現在の東京都武蔵村山市)を出たが、すでに飛行機はなかったからだ。代わりに米軍の本土上陸作戦に備え、対戦車攻撃の訓練に明け暮れていた。

玉音放送は聞き取れなかった。夜になり重要書類を燃やす炎が天高くあがるを見て、敗戦を知った。

8月18日。郷里の銚子に戻る途中の東京駅のホームは屋根がなく、焼け焦げた鉄骨だけがたっていた。銚子に着き駅を出ると、老兵が塹壕を埋め戻していた。ぞうり履きで腰には剣でなく竹をつっていた。私の姿を見て「早くかえりてえな」と言っていた。

町は焼け野原で駅前から利根川が見渡せた。家は空襲で焼け、トタンでつくられた半地下のバラックになっていた。母が「よく帰ってきた」と喜んでくれた。

翌日、地元の憲兵隊に呼び出された。あまりに帰郷が早いので「脱走兵ではないか」との容疑だった。負けたのに「何を今さら」と思った。

父から銚子空襲の話を聞いた。焼け出され、近くの寺に避難して一夜を過ごした父。周りには人が大勢いて眠っていた。朝起きたら全部が遺体だったという。

(大和田武士)

■ひと言■

戦争には、勝者も敗者もない。

34 石川末子さん(77)＝八千代市

日本の南にある奄美群島の一つ、徳之島で生まれた。国民学校に入学した1944(昭和19)年ごろから、サンゴ礁が見える美しい海に米軍機が飛ぶようになった。「海で漁師がやられた」などの話を耳にした。

そのうちに人里ではもう暮らせなくなり、山の中で、大工の棟梁の父が建てたバラックに住み始めた。私は9人きょうだいの末っ子で、6人の兄や姉はすでに東京などに出ていた。残っていたのは両親と兄、姉、私の5人。空き家のまま残してきた我が家も、すぐに焼けた。

米軍による沖縄上陸が始まると、毎日のように艦砲射撃の音が聞こえてきた。「やがてこちらへやって来るだろう」と、大人たちがおびえていたのを覚えている。

敗戦した45年の冬、宴席で父がメチルアルコールの入った酒を飲まされて死んでしまった。母子家庭になり、上京した。大田区にあった一番上の兄の家に一緒に住んだ。

食糧難で、わずかばかりの配給では食べ盛りの子どもには足りず、母や姉はよく、松戸市まで買い出しに出かけた。学校の給食が始まっても、ご飯は弁当に詰めて持って行った。ご飯を持ってこられない男の子がいたのを覚えている。私の弁当は麦だらけのごはんと昆布の佃煮だったが、食べられるだけでも幸せだった。

(大谷秀幸)

■ひと言■

敗戦直後の食べられなかった記憶が強い。戦争をしてはいけない。

35　林野干城さん(79)＝千葉市稲毛区

父は林野民三郎・陸軍少佐で、陸軍の下志津飛行場で特攻隊員の指導役をしていた。

１９４４年11月。私たちは飛行場の銚子分教場（銚子市）近くの一戸建て官舎に私たちはいた。銚子の海に面した台地の地形が「空母に似てる」として、訓練をしていたと聞いている。

空襲警報が鳴り、官舎の裏の防空壕に母と一緒に逃げた。警報が解除され家に戻ったら、軍服を着た将校らしい3、４人の男と父が、したたかに酒を飲み、談笑していた。帰ってきた私たちを見て「なんだ。もぬけの殻じゃないか」と、大笑いしていた。

そのうちの１人が、当時国民学校の児童だった私をひざの上にのせて言った。

「坊や。これから頑張ってくれよな」

いま思うと、この将校らしい男は、その月に銚子から離陸した18人の誰かだったのだ。フィリピンでの特攻で、17人が戦死したという。たぶん、出撃が決まっていた方々が、父や仲間と、別れの杯を交わしていたのだろう。

今年の8月15日は、彼らを慰霊する銚子市の「翔天の碑」に行ってみたいと思っている。


（大和田武士）

■ひと言■

直接戦争を体験した、先人の労苦がしのばれます。

36 鈴木みどりさん(87)＝船橋市

１９４５年、県立安房高等女学校３年の私は、日本建鉄船橋工場で飛行機部品の鋲打ちをしていた。心にあったのは３人兄妹の上の兄、英世のことだ。最初は志願兵として旧満州（中国東北部）へ。戦地からの軍事郵便には「家中元気で居ったか」。相手を気遣う兄らしかった。「検閲済」の印に、差出元は「横須賀郵便局気付ウ―二七膽第五八九三部隊南隊」。どこから送ったかは分からなかった。

43年、兄が帰ってきた。家族が珍しくそろったので写真屋を呼んで集合写真を撮った。それが最後になるとは思わなかった。１年後、召集されて兄は再び戦地へ。今度は硫黄島だった。出征の時、東京の三宿駅まで送った。兵舎の角を曲がって見えなくなる直前、振り返ってにこっと笑った顔が忘れられない。

兄から来た最後の手紙は45年1月。「新春を迎へ益々元気で御奉公致して居ります」と書かれていた。

終戦の３日後、家に帰ると父から「英世が戦死したよ」と告げられた。信じられなかった。やがて、家に小さな木箱が届いた。中は「押元英世之霊」と書かれた紙切れ一枚だった。

（棚橋咲子）

■ひと言■

戦争をしても、何一ついいことはない。

37 南　一成さん(77)　=柏市

１９３８年、旧満州（中国東北部）牡丹江で生まれた。父は満鉄の保線の責任者で、43年に妹の文恵が生まれた。父が家で一杯飲んでいると、妹は必ず父のひざにちょこんと座った。父が酒の肴を口に運ぶまでを目で追い、つまみの一部を口に入れてもらっていた。平和な毎日だった。

だが、戦局は悪化し、45年8月上旬、父を残し、母と妹と疎開列車に乗り込んだ。途中で空襲に遭い、学校などに身を潜めた。「文恵ちゃん、泣いてはだめ」と諭す母に、妹は「文恵、泣かないよ」と小さい手を口にあてて、涙をこらえようとしていた。

新京（現・長春）に着いたとき、終戦を知らされた。私たちは無蓋列車に乗り換えさせられ、撫順の空きアパートにたどり着いた。食糧事情は最悪で、コーリャンのおかゆしか食べられなかった。

２歳の妹は栄養失調でやせ細り、9月8日に帰らぬ人となった。亡くなる前、ふらふらになりながらも歩いてトイレに向かう妹に、母は「寝たままでおしっこしてもいいよ」と泣きながら語りかけていた。母は乾燥した妹の最後のオムツを死ぬまで大切に持っていた。

明暗こもごもの思いを体験した満州での生活は生涯忘れられない。

（横山　翼）

■ひと言■
海外に行っていた日本人も戦争の被害者である。

38 吉井博さん（83）＝千葉市中央区

終戦の時、旧制大多喜中学校の2年生だった。当時の中学生は、工場などに動員されていた。

私たちは、九十九里浜に米軍が上陸するということで、近くの下総丘陵の一角に、防衛陣地をつくる作業に動員されるはずだった。

8月15日が出発日で、大多喜駅から一番列車で向かうところだった。家を出ようとしたら、ウーウーウーと空襲警報がなった。

いつも見ていたB29は、はるか上空だったが、この日は戦闘機だった。曇りで雲が低くなっていて、雲の中からバリバリバリと、機銃の音が聞こえた。すごく近い距離に感じた。

出発は中止になった。空襲警報が解除になり、学校に行くと、昼から「重大放送がある」と言われた。

日本軍機と敵機が朝方、空中戦をしたばかりで、学校に駐屯していた兵隊たちは「今日から日本の反撃が始まるんだ」と言って、みんな興奮していた。

私も「戦争は勝つ。最後は神風が吹く」と教えられていた。今思えば、何も知らされていないのは恐ろしいこと。本当に恐ろしいことだ。

生徒たちは校庭に集められ、最敬礼をして、号令台の上のラジオの玉音放送を聞いた。難しい言葉でよく聞き取れず、意味も分からなかった。でも、校長が「みんな。ご苦労であった」と言い、泣いた。それで日本の降伏を知った。

校長は私の父だ。当時、修身の授業の担当は校長で、授業中は、とても気まずかった。あの泣いた父の姿は今でも覚えている。

大多喜は歴史が古く、学校は城跡の三段になった高台にあった。

中段には兵隊が駐屯していて、終戦間際には校庭を飛行機の発射場にするための土木工事をしていた。校庭の端から太平洋が望めるからだ特攻だから、１度だけ飛び立てればよいと軍部は考えたのだろう。

でも、終戦で完成しなかった。玉音放送は、でこぼこだった校庭で聞いた。

戦争中は働き手がいないので、子どもが松根油にする松ヤニの採取や田植えや稲刈り、麦刈りをした。

45年の4月か5月、動員で上総中野駅まで行き、さらに山奥までかなりの時間を歩いていった。そこでは飛行場づくりをしていた。何百人という兵隊が飛行機をしまう大きなトンネルを掘っていた。こうこうと電気をつけ、スコップを振るっていた。私たち学生は掘った土を、もっこに入れて運び出した。

先生が危険と思ったのだろう。１日だけの作業だったが、あの突貫工事の光景は異様だった。

（大和田武士）

■ひと言■

今の日本は、戦争を知らない人が増えてきています。やっぱり心配ですね。

39 小原文夫さん(75)＝木更津市

生まれ育った家は木更津基地の正面にあった。B29目がけて撃った高射砲の破片が屋根に刺さったのを覚えている。オヤジの肩車に乗って対岸の東京や川崎が空襲で真っ赤に燃えているのを見たことがある。

1945年3月に突然、軍に家を追い出された。強制疎開だった。家は引き倒すように壊された。ひどいもんだった。終戦後は元の場所に戻ったが、家はないので、わらぶきの物置に住んだ。家族7人は住めず、おじいさんが他の家に行った。

基地には進駐軍が来た。一度、夜に米兵が忍び込んできた。でも、おやじが押さえ込み、米軍のMP（憲兵）と警察に引き渡した。漁師で相撲も強い。吾妻神社にまわし姿の写真が飾られているくらいだった。頼もしかったよ。

家の前にはパンパン（米兵相手の街娼）がいた。地元の人と口論になると、彼女らは「私たちがいるから街の若い女の人が安全なんだ」と言い返していた。母が米兵に、ストーカーのように追い回されたこともあったから、そんな一面もあったかもしれない。

ただそんな米兵ばかりじゃなかった。アーレンという野球好きの中尉は中学校にバックネットを寄付してくれた。みんな「アーレンネット」と呼んで感謝していたな。

基地の街という感じが木更津にはない。今、木更津基地のオスプレイ整備拠点化に反対しているが、運動は盛り上がらない。そんな雰囲気を見て国も木更津を選んだのかもしれない。

（堤　恭太）

■ひと言■

政府は高校生も署名する安保法制反対の声に耳を傾けるべきだ。

40 神作照夫さん（88）＝南房総市

旧制安房中学を3年で修了した1944年春、予科練（海軍飛行予科練習生）に志願した。土浦航空隊から清水航空隊に転じ、翌45年5月ごろ分隊長に呼ばれた。

「空中特攻隊の要員としてどうか」との話だった。身上書を手に、分隊長は私が長男と知った上で「どうなんだ」と尋ねた。私は迷わず「弟がいるので後の心配はありません」と返した。敗色は濃く、「特攻やらなきゃ日本は負けてしまう」と疑わなかった。

何の特攻か明らかにされないまま終戦を迎えた。戦後は古里の三芳村（現・南房総市）で酪農に就いた。収入役を務めた78年春、山裾から畑地につながるコンクリートの施設が見つかる。長さ約50ｍで何かの発射台に違いないが、地元の誰も知らなかった。

ロケット特攻機「桜花」の発射台と分かったのは95年8月。戦友の知人が終戦直前、発射基地を建設していた。その彼が確認した。発射台は完成間近だったが、桜花の機体は運び込まれなかった。

私も要員になった特攻は、桜花だったかもしれない。戦争がもっと長引いていたら、私も古里の基地から飛び立っていたのだろうか。数奇な運命としか言いようがない。

（田中洋一）

■ひと言■

戦争は国力を保つため仕方ないと当時考えたが、振り返ると愚かなことだった。

41 福田幸子さん(90) ＝流山市

１９４５年5月25日の夜。突然、空襲警報が鳴った。電灯を消して庭に出ると、頭上にはすでにＢ29が1機。火の玉のような焼夷弾がパラパラと降ってきた。「もう駄目。２階が燃えている」と母の叫び声。周りはすでに火の渦に包まれていた。

当時、東京都中野区で母と暮らしていた。家の前の道に出ると、赤ん坊を背負ったお隣りの人が風下へ逃げていった。一方、母は私の手をぐいと引いて、火の迫る風上へ向かった。めらめらと巻き上がる炎を踏みつけながら、防空頭巾の頭を傾けて駆けた。東中野駅に行き着き、ホーム下で母とうずくまった。

夜が明け、周囲は焼け野原になっていた。帰宅途中にすれ違った知人に「どうしたの、その顔」と言われ、何げなく顔をなでてみた。手にべっとり血がつき、薄い皮膚がはがれた。前髪や眉毛、まつげがポロポロと落ちた。運動靴のゴム底は溶け、ほぼ裸足の状態だった。

なぜ母は風上の火の中へ入っていったのか。風下に逃げた人たちの多くは火に追いつかれ黒こげになったと聞く。お隣りの人はどうなったのか尋ねたかったが、怖くてとても口にできなかった。

その後、黒こげの死体が積まれたトラックを見た。どこで誰が亡くなったか詳しい記録はない。闇から闇へ失われた命は数知れない。

(横山　翼)

■ひと言■

戦争中、死ぬことは教わったが、生きる教育は受けなかった。

あとがき

年々、薄れていく戦争や戦後復興の記憶をどう未来に伝えていくのか。

２０１５年、朝日新聞千葉総局はこのテーマに取り組み、通年の「戦後70年企画」を連載、一冊の本にまとめました。

記者が聞き取った戦争体験者の声は、いまを生きる私たちへのメッセージです。ごく普通の市民の生活や人生が、戦争でどう変わってしまったかを、一人一人の声が伝えてくれます。そして、終戦の混乱、どん底から立ち上がり、今日の繁栄の礎を築いたのも、戦後を生きてきた、ごく普通の人々です。

敗戦後の混乱期、千葉市の焼け野原に誕生した製鉄所は、復興の原動力となりました。戦争を生きのびた人々は希望と誇りを持って働きました。そして、つくられた鉄は橋や建物、自動車や家電製品などに姿を変え、今も世界中の人々の暮らしを支えています。一方で、急激な工業化は社会が公害問題と向き合う契機にもなりました。

今日という日は、戦後70年を生きてきた人々の営みの積み重ねの上にあり、いまを生きる私たちが歩む小さな一歩一歩が、未来につながっていくのです。

最後に、取材に協力してくれたすべての方々、戦後70年の光と影を描く、今回の出版の機会をいただいた、たけしま出版の竹島いわおさんに感謝とお礼を申し上げます。

二〇一六年十月　　朝日新聞千葉総局記者　大和田　武士

編著者略歴

「川鉄が来た」
大和田武士：
1972年、千葉県出身。法政大学大学院修了。読売新聞西部本社から、2004年に朝日新聞入社。特別報道部、経済部などを経て、千葉総局記者。

「パラオから我孫子へ」
佐藤清孝：
1953年、福島県生まれ。地方新聞社に勤めた後1981年に朝日新聞入社。青森総局次長、川崎支局長などを経て、柏支局記者。

「爆弾を花火に」
上田　学：
1970年、大阪府生まれ。早大卒。プラント建設会社から、2000年に朝日新聞社入社。本社生活部、仙台総局などを経て、千葉総局記者。

千葉の戦後70年
—語り継ぐ戦争体験—　　手賀沼ブックレット No.9

2016年（平成28）12月20日　第1刷発行

編　著　大和田　武士
発行人　竹島　いわお
発行所　たけしま出版

〒277-0005　千葉県柏市柏762　柏グリーンハイツC204
TEL／FAX　04-7167-1381
振替　00110-1-402266
印刷・製本　戸辺印刷所

好評発売中「手賀沼ブックレット」既刊

手賀沼ブックレット　No.6　Ａ５判　１３６頁　本体一二〇〇円
手賀沼開発の虚実
—「千間堤伝説」と「井澤弥惣兵衛伝説」の謎を解く—
中村　勝　　　２０１５・３
伝説は生まれ、伝説はどのように利用されたのか？

手賀沼ブックレット　No.7　Ａ５判　１０４頁　本体一〇〇〇円
手賀沼エコマラソン　市民マラソンの原点
森谷武次著　阿部正視・たけしま出版編　　２０１５・９
手賀沼を周回するハーフコース。常に人気のマラソンを探る。

手賀沼ブックレット　No.8

手賀沼の生態学2016

浅間 茂・林 紀男 著

オオバンの親子（手賀大橋付近）撮影・浅間茂

地域を楽しみ地域に生きる／手賀沼ブックレット　たけしま出版

『手賀沼の生態学２０１６』手賀沼ブックレット　No.8
浅間　茂　（元東葛・千葉高校生物科教諭）
林　紀男　（千葉県立中央博物館研究員）
Ａ５判　９４頁　本体一〇〇〇円
『手賀沼の生態学』（1989　崙書房刊）から四半世紀、この間の手賀沼の状況はどう変わったか。外来生物の流入など二人の生態学研究者が危機を訴える。